对着天空散漫射击

李柳杨 著

上海文艺出版社

．

　找一个新的地球住下吧，

　　那个地方不举行葬礼。

　　我们像草一样躺下，

　　　又像月亮一样升起。

．

［序］

永恒的卑微

沈浩波

　　读完了李柳杨的整本短篇小说集，在很多篇中我都读到了一点点光亮和一点点灰烬。她仿佛就是在写灰烬，但灰烬中却也还有一些明明灭灭的光亮。她是一个能看到光亮的人，但紧接着就会看到灰烬，而这灰烬里竟然也还有些许的光亮。她写的都是小镇上或者城市中那些卑微的人的人生，但谁的生命又不是卑微的呢？唯有这永恒的卑微，才能映照出这永恒的灰烬和灰烬中微茫却又从来不曾真正熄灭的一点点闪烁的光亮。

我不是一个经常读当代小说的人，只是因为和李柳杨是同事，才偶尔在她的微信朋友圈里读了两篇她的小说。最早读到的一篇好像是《完美一生》，很简单的，也很短，但却被柳杨写得特别动人，如同童话般动人，既动人又荒诞，当然，最后是一片灰烬。但这片灰烬竟然是动人的。那时我就觉得，我身边的这个出生于1994年的小姑娘可能会是一个很好的小说家，她有非常天然的小说家的天赋，能在不动声色中营造出波澜，动静很小，但的确是波澜，写得很有张力，全然没有废话。后来我又看了《微雪》，也很好，读了让人略感失神的那种好，也是一篇很简单的小说，一场很简单的死亡和一个面对丈夫死亡的女人。李柳杨总是在写发生在你我身上最简单的故事，但她总能把最简单故事写得特别惊奇、敏感，或者说，简单里的敏感，构成了李柳杨小说的深刻。从那以后，每次李柳杨跟我讲起她的那些千奇百怪，不切实际的理想，比如说想当画家，再比如说想去赚钱等等时，我总是会对她说，好好写你的小说和诗吧！有时我会说得更直接：写你的短篇小说去吧！我确实觉得李柳杨应该成为一个特别好的短篇小说家。能把小说写得又短又精彩，这是一件高级的事情，关键是，我觉得柳杨能做到！

在读她这本小说集之前，我又读到了她发在朋友圈里的新近的一篇小说《对着天空散漫射击》，叙述非常饱满，节奏也很好，柳杨像一个老手一样讲着她的故事，故事本身并无惊人之处，但她讲得精彩。看完后我觉得我应该给柳杨出一本小说集，她是该出一本书了。我跟柳杨提起此事时，她说上海文艺出版社已经跟她约了这本小说集了，我很为柳杨高兴，自告奋勇地说可以为柳杨的这部处女作写一篇文章。我已经很多年没有写过关于小说的文章了，也并不知道当代中国的小说已经发展到了什么阶段，我只是觉得我很喜欢李柳杨的小说，喜欢她小说里的味道，她能把最琐屑卑微的生活写出味道来，既有卑微的真实，又有真实里的味道，这味道是属于人的，属于她笔下那些人物的，属于她在鸡毛蒜皮中塑造出来却又那么真实的人物的，是生活和生活中扑面而来的人的味道，而这味道，又是属于文学的，甚至是带有诗意的，当然，柳杨本来同时就还是一个诗人！这味道甚至是属于灰烬的，是灰烬的味道，但之所以这么有味道，当然也还是因为灰烬中有微茫的光亮，而光亮，当然有味道！

于是我就开始读柳杨的整本小说集，像在目睹一个小说家奇特的成长过程，有时我会哑然失笑，柳杨真是能把小说写得这么简单啊，诗意而富有灵性，是一种恰到好处的简单，果然是短篇小说集，有些小说真的是很短很短啊。比如《快要下雨了》《一家人》《我只是想死得好看》《你要干嘛去？》等等，但各有各的好。《快要下雨了》，整篇小说，仿佛只是很轻的一声叹息，但生活的沉重和疼痛甚至绝望，却尽在这一声轻轻的叹息中，"快要下雨了"，柳杨在小说中轻轻说了一声。《一家人》甚至是有些温暖的，也是这本小说集中很少有的温暖的小说，其温暖来源于某种生活中并无道理的真实，来源于柳杨能用非故事化的讲故事的手段，用非虚构般的虚构，非营造的营造，抵达了生活最本来的，也是最没道理的本质的真实，柳杨有这种写出本质的能力，有一种很朴素的叙述诡计，使得她笔下的真实无论是通往温暖还是通往寒冷抑或更多的通往灰烬都显得非常动人。《我只想死得好看》则呈现了柳杨另一方面的天赋，她常常会把自己的一些古怪的念头融入到她的故事里，呈现出某种荒诞的效果。我很高兴地看到，柳杨并没有把自己脑子里那些古怪的念头变成一种可爱的古灵精怪的文学，那格局就小了，而是通向了生活，通向了卑微的世俗的真实的人生，从而实现了荒诞。

  我当然也看到了柳杨的稚嫩和不成熟的作品，看到了这稚嫩和不成熟中的天赋，也看到了她通往成熟的作品，还看到了她看起来似乎很成熟、很老练的作品中不时冒出的稚嫩和不成熟的小尾巴，这使她拥有了本真和朴素。她从一开始就不是一个装腔作势的小说家，不是一个会被早熟杀死的小说家，我见过这样的小说家，很快就成熟得一塌糊涂，全部是标准化的语言和叙述道路，却失去了独特的自我，失去了小说家的本真之心。我因此觉得，柳杨是能够扛住时间，也是能够扛住名利欲望的那种小说家。

我有时候会觉得奇怪，柳杨是怎么在小说中进入那些尘世中最卑微的小人物的世界的？她自己还这么年轻，也没有经历过太多世事。她几乎在这部处女小说集中塑造了一组小人物的群像，而且是一组非常棒的文学人物群像。在最好的那几篇中，她又能游刃有余地贴着那些人物的心跳写，她甚至能写出他们和她们的呼吸！这可能也只能归功于柳杨有观察和体谅人心的天赋，有对人的高度敏感吧。无论她是怎么做到的，能够在小说中塑造出某种群像的小说家并不多见，这说明她至少是个有内心格局的小说家！她能贴近人，能塑造人物，而且能塑造小人物，很了不起！

目录

序 ·001·

A

变成房子的女人 ·003·
你要干嘛去？ ·009·
完美一生 ·014·
盐荒 ·019·
我只是想死得好看 ·026·
要是没有钱你就惨啦！ ·030·
相亲记 ·038·
在这个世界刚生产出肥皂的时候 ·043·
黄寺大街的骆驼 ·045·
灵魂 ·047·
发明头发的死神 ·049·
闲人小娟 ·052·
想当作家的鱼 ·055·
好酒之徒 ·057·
蚊子，你好 ·060·
诗 ·065·
阿亮和黑仔的生活 ·070·

侯默的花儿 ·077·

关于"呼哧呼哧"的传说 ·086·

来布与莫西 ·091·

B

再这样混下去，你就会死! ·105·

快要下雨了 ·112·

谈谈 ·117·

这种日子从什么时候开始的? ·125·

爆炸 ·130·

彩虹昆虫 ·137·

唇齿之间 ·146·

从哪一刻开始老去 ·152·

酒徒 ·158·

嫖客 ·165·

一家人 ·177·

出走的女人 ·184·

我的睡眠在你乳房上膨胀 ·200·

微雪 ·208·

对着天空散漫射击 ·218·

后记 ·239·

A

·

我的影子，

是树的影子。

随着风，

在山林之间，

来回滚动。

·

变成房子的女人

很久以前有一个女人，晚上睡觉的时候突然变成了房子。

这个女人变成房子，并不是毫无预兆，在那之前的三个月里，她每天晚上都在祈祷，祈求老天能赐给她一间房子，好让她的爱人有个遮风避雨的地方，哪怕让她用毕生的时间来偿还这笔债务也行。这个女人就这样每天想啊想，突然有一天她发了高烧，病好了之后开始拥有某种神奇而诡异的预兆。每当她睡着时，就感觉自己的四肢好像树枝一样开始不断往四周蔓延，她的睡眠也变得又深又远。她觉得自己像是一棵树，在黑暗的泥土里扎下了根。每天夜里都会有一些新的根从她的身体里长出来，那种感觉就好像有无数的虫子在她身体里各个穴道、筋骨处钻来钻去，酸并且涨疼。一开始她只是以为自己生病了，但到医院里做了检查，并没有查出任何异常。为了使她不再做那些奇怪的梦，医生给她开了安眠药。可是她睡着了之后，意识还是很清醒。她感到自己的灵魂在这所房子的四周游走，像一个护院的狗，巡视着这所房子周围的一切危险。

她的心情又沉重又快乐，愉快的是，她在睡梦里看到她的小女孩睡得香甜可人，她的家人在她的庇护下得以安眠。伤心的是，在她的梦里，她看到她的爱人在夜里偷偷起床给另一个和她很相似的女人打电话，看到马路边上那些无家可归的人受冻挨饿。一天晚上在睡梦里，她拔走了这所房子外面一根快要倾倒的电线杆，另一天晚上她修理了外面的路灯。紧接着草坪、水坑，一一都被她修好了。当她的爱人惊奇地发现这些变化时，她偷偷地笑了却又不敢告诉别人这件事情的真相。白天她正常的上班，夜里回到家里修补他们的房子。直到有一天这个女人在切菜的时候切到了自己的手，结果惊讶地发现从她的手指里流出来的不是血而是水泥。她把这点水泥抹在墙上，墙面立刻焕然一新，好像被重新修葺过似的。这令她感到恐惧极了，她觉得有人正在用电钻钻她的脑袋，取走她生活的一切。当然也不是所有的事情都这么可怕，有一天她走到一棵桃树下，往这棵桃树的左边走了三步然后又往下挖了半米，就挖到了战时一户人家埋在地下的一小罐金币。她的灵魂在夜里来到这里，并发现了它们。她用这罐金币，买下了这座房子，然后在四月的某一天告诉她的爱人，她要离开了。

女人觉得自己要离开，是因为她越来越难以从自己的梦中醒来。她经常早晨起床的时候觉得头昏脑涨，意识很清醒，但是眼睛却无论如何也睁不开。一开始她强迫自己醒来，只需要半个小时，后来渐渐地一个小时、两个小时……甚至要花上大半天。她的爱人无论怎么摇晃她、刺激她，她就是没有办法睁开眼睛。她想睁开眼睛，明明白白地看一眼这个世界，但又不想睁开眼睛，因为在梦里她是独自拥有一栋房子和发掘过一袋金币的女人。

在夏天到来前的最后一个傍晚，从遥远的东方来了一个托着钵、穿着袈裟的僧人。女人觉得那个僧人很面熟，熟得就像是自己的爱人，但她却又不敢去相认。僧人很熟练地推开了她家的门，几乎径直进入到她的家里，告诉她她患了石化症。并给了她三滴药水，但这三滴药水皆有时效。它的神奇之处在于也许明天就会失效、也许永远都不失效。石化症来自于一个诅咒。它不是病，但患上石化症的人会一点一点失去生活在人世的信念，直到变成一块石头。而且它会传染人，所以她必须要赶在自己完全变成石头之前离开这个地方，以免还有其他人受伤害。说完那些话，僧人像一阵风一样消失了，而她的爱人像另一阵风一样出现在她面前。在得知了她要离开这个故事背后的原因以后，她的爱人比她的反应要快多了。当天晚上，她的爱人就把她安置在距离这所房子三公里以外的一座制造土烟用的塔里。

那座塔矮小而阴暗潮湿，时常有老鼠在里面窜来窜去，塔的周遭涂着厚厚一层用麦秸和泥土混合制成的材料，上面绘制着各式各样来自遥远部族的文字。这些文字多是模仿之作，是后来的人依据甲骨文用彩漆喷绘的图腾。这样做的目的很明显，在多年以前政府严禁私人制造土烟以后，这座废弃的塔曾经被用来供奉神灵，以供一年一度的祭祀使用。换句话来说这座塔是用来醒梦的，而世人多借用它来做梦。刚住进塔里的时候，她的爱人还像侍奉一位女神似的，锦衣玉食地侍奉着这一位给了他们居所的女人，每隔一天就送来一些新鲜的食物和衣物供她享用。但一年一年时间过去了，这个女人还是日日昏睡不醒，却又始终不见一丝要离开人世的痕迹。她的爱人伤心极了，但又不得不像一个活着的人似的处理着日常生活中一切的琐事。

在女人住进塔里的这段时间里外面发生了许多的事情。她的爱人丢了两次工作，酒驾被罚三次，失手断了一根手指，在一场维权运动中失去了存款，几年之后成了酒鬼，浑浑噩噩过了几年又突然剃度断发自称金蝉转世，公然利用女人在桃树下发现金币的事，大肆宣传称：只要一个金币，他便可向神女诉诸人们的请求。他通过和一些投机商人的合作、附上神话传说宣传，把女人所住的土烟塔修建成了度假圣地，对外宣称这里住着一个活佛。人们纷纷涌到她的塔下，向她跪拜、行礼。有一段时间外界传言她得到了永生，另外一段时间则流传她尸骨不化。也许是凑巧，几个病人在土烟塔下跪拜了女人之后，病陆续都好了。土烟塔一时间香火鼎盛，竟到了当地人人皆知的地步。

女人的爱人得了香火钱，与新的情妇夜夜笙歌，并向她许下了永生永世互相牵绊的誓言。就像和这个女人不知觉地结束一样，那个男人和另一个很像她的女人在这个女人早有预测的梦中开始了不知觉的爱情。但是好景不长，兴许是这家香火过于旺盛，冲击到了当地的一些老牌旅游土庙，也许是有人见他赚得盆满钵满心生歹计，夜半纵火烧了那个男人的房子，揭穿了他假僧人的面目。那男人自知不能再在这里待下去，只得带着新的情妇游走他乡，变成了一个托着钵、穿着袈裟的云游僧，走家串户四处说人家患了石化病，只为卖得口袋里的三滴药水的和尚。而他的新情妇依旧日夜祈祷许愿，在梦里迷醉不醒，以为自己变成了房子。

你要干嘛去？

郑王庄住了一个人，喜欢每天早晨起个一大早出去逛。喜欢逛也就算了，他还经常溜了一圈后就找不到回家的路了。每当他找不到回家的路，就给110打电话，像对他儿子说话一样对着民警说："喂！你在哪儿呢？还不赶快接我回家吃饭。"这个叫老陈的人有点轻微的老年痴呆，他的老伴去世了，家里有一个儿子和一个女儿，他的儿子去广东打工了。因此家里仅有一个女儿可以依靠，但她的女儿有三个小孩，经常照顾不过来。所以每当他找不到回家的路时，就给警察打电话，这附近的民警没有不认识他的。

时间一久，警察都有点怕他了，便劝他闺女把他送到养老院去，每个月花一点儿钱找人看着。可她的父亲不愿意住养老院，他的身体也还健硕，只是脑子有点不太好用。老人喜欢吃豆腐，所以总是起一个大早去买鲜豆腐。他起得可不是一般的早，通常做豆腐的还没开始干活，他都已经赶着要去人家家里买了。他经常早晨出门的时候还是清醒的，到了中午人就昏了。虽然老陈和他女儿家仅隔了几百米的距离，但他也不愿意住女儿家。他喜欢独自待着，住在自己从年轻时就一直住的院子，他在院子里养了一些鸡和猪，种了枣树和梨树。他还养了一条看家的狗叫老黑，不过前些日子被偷狗的人毒死了。

这一天傍晚天飘起了雪，没多久地上就下了厚厚一层。银白的雪花把黑色的天映照得蓝得发亮，几棵掉光了叶子的树横在旷野中央，显得寂寥而富有诗意。天刚黑的时候，老陈的孙女给他送来了几个热馍，他吃了几口就倚床边上睡着了。所以第二天他醒得很早，大约凌晨三点他就起来了。如果是往常，一般凌晨四点，他就会出门溜达了，但是下了雪路不好走，天气又冷，他便猫在屋子里了。大约四点半的时候，他突然听到屋子外面起了一点动静，鸡在笼子里咯吱咯吱乱叫。他披上外套从窗口朝院子里望了望，看到一个黑影在院子里摸索着。他知道那是贼趁着冬夜深寒进了他家。他摸出手机想打110来着，但又怕出了声给贼听见。他一个老人家也斗不过人家，别弄不好受了伤。而且，他左思右想了一会儿，发现自己好像也没有值钱的东西给人偷，院子里不过就是些他搜罗的破铜烂铁，便由着贼在院子里翻腾。

这个贼在院子里搜了一圈果然没有找到任何值钱的东西，除了一头猪稍微值钱一点，而他也没有力气拖着它走。这个贼很是生气，心想我三更半夜黑灯瞎火忍受着饥饿和寒冷跑到你家偷东西，妈的连十块钱都找不着，很不甘心。于是翻完了老陈的院子之后，贼又蹑手蹑脚地来到了他的卧室。老陈的卧室里就更没有值钱的东西了，仅有一个柜子、一张床、两三把椅子和一台旧电视机。老太婆留下的一点点金银首饰也被他女儿给要走了，他存的那点钱都在银行里，零用钱也正压在他的枕头底下。这可能是老陈这一生唯一一次为自己的穷而感到高兴吧，他猫在被窝里，一边听着那个笨贼在屋子里翻来翻去却找不到任何一点收获，一边偷着乐。贼本想搜搜他的柜子，摸了一圈发现除了摸了一手灰啥都没有摸到，便灰心丧气地打算走了。可贼不兴空着手走啊，于是他出于愤怒偷走了老陈放在床边的唯一的一双棉鞋，好叫老陈明天早晨起床时找不到鞋穿。但他走到半路，又嫌太臭给扔掉了。

贼那边一走，老陈就起了。他穿着拖鞋到处找，就是找不到自己的棉鞋去哪儿了。这时他才想起了打电话报警，警察一听他的声音便问："你是不是又找不到自己家了啊？你告诉我你在哪儿，我去接你。"老头说："没，我现在就在自己家。"警察又问："那你打什么电话。"老头说："我家失窃了。"警察便问："丢了什么？"老头说："我的棉鞋。"警察问："就一双棉鞋？"老头说："对。"警察一听这就慌了，现在老陈不仅是找不到自己家了，而且还出现了幻觉。这边挂上电话，那边就给她的女儿打电话嘱咐她带老陈去看医生。

老陈的女儿这会儿正在打麻将，兴着呢，支支吾吾应和了几句也没在意便挂了。找不到棉鞋的老陈只能穿着单鞋出门，仅走了几步鞋就被雪水浸透了，但这并没能影响他的兴致，他要到隔壁村去找他的老伙计说这件事儿。这件事儿一定可以让他们笑好长一段时间，说完了事儿他们还可以一起再打一会儿牌。他兴致勃勃地往前走着，一边走一边唱着戏剧卷席筒里面的台词："哎，我的大老爷呀——你稳坐在察院，听我把这前前后后、左左右右、曲曲弯弯、星星点点，一点不留一齐往外端……"他仅会唱这几句，每天都到这个"一点不留一齐往外端"就又重新开始唱。这种重复的过程令他感到十分的美好,就好像每年春天看到枯萎的小草又获得了新生一样。

  走着走着,太阳已经升起来了,映照在雪地上金灿灿的到处闪着光。老陈欣赏不了这种美,天空对他来说就像一个大点的鱼缸,那翻卷着的一点红边则是红色小金鱼,不停在他眼前晃来晃去,令他眩晕。远处的山坡上裸露出一片湿漉漉的地皮,坡上孤零零地种着几棵白杨树,让他觉得有点突兀。同样是在那一片地方,十年前他还在那儿种过小麦呢。他现在就要翻过那片坡地去找他的朋友。上坡时因为坡陡地滑,他渐渐地慢下脚步。他的鞋子此刻沾满了泥土,他不得不费力地像拔一棵种得很深的树苗一样,用腿把自己的脚从泥地里拔出来,又狠狠地甩出去。这拔树苗、甩树苗的过程,仅仅反复了几次,他就开始心慌了。等他爬到坡上的时候,已经累得喘不过气了,不得不扶着最高的那棵杨树,歇了歇脚。他抬头看着红红的天,开始有点分不清这是早晨还是晚上了。又歇了一小会儿,等他能呼吸顺畅的时候,他盯着自己湿透的双脚看了一看,先茫然而后又莫名其妙终于泪流满面地问自己:"我跑到这儿是要干什么去?"

完美一生

秃子为什么叫秃子？

因为他是一个秃子。

秃子，或者说是灯泡，保持那种状态已经三个小时了。他把一块军用的压缩饼干碾碎成渣，平摊在桌子上一点一点地往嘴巴里送。他对自己像一个大人对一个小孩。秃子在自己面前放了一张黑白的地图，三尺长。他坐在那里直勾勾地盯着地图看,偶尔冒出一两句我们都听不懂的话。他说这一张地图几乎浓缩了他人生全部的历程。从北到南,从包头到大理,从年轻到老,一路马不停蹄地向死亡奔去。他仔细地咀嚼着那些饼干,时不时伸出舌头来舔黏在唇上的饼干屑。他的腮帮一左一右来回晃动着咀嚼它们,就像一匹骆驼在吃草。他的牙齿发出一种细碎的摩擦声,十分地好听。

秃子心情好的时候会和我说上两句正常的话,不再只盯住地图和羊。秃子跟我说他出生在美丽的呼伦贝尔大草原。那里天空不似北京,湛蓝清澈得像一块通灵的蓝宝石。洁白的羊群像一粒粒晶莹剔透的米散落在碧绿的草原上。每到盛夏来临雪水融化,可爱的河流便会宛如仙女的丝带散落在他家的牧场四周。他喜欢牵着奶牛光着脚到小溪旁玩耍。寂静而神秘的草原将他滋养得健康而壮硕。他还说那里放一天羊也未必能遇见一个人,你可以放声歌唱做任何事情而不被打扰。我听了之后十分羡慕,因为我也已经很久没有独处过了,只要你住在城里,无论几点出门,去哪都是人山人海。

秃子有一半是个哑巴,另一半是个傻子。因为他整天只懂对着羊说话。直到搬到北京城外,这种情况才有所好转。秃子也被叫做灯泡,灯泡的老婆陈玲是我同学。我俩二十年前从同一个中学毕业,谁也没想到她能嫁这么一个钻石王老五。因为出差到北京的缘故，我顺便来看一看陈玲，便在她家住了几天。秃子大陈玲差不多二十岁，一开始陈玲只是他请的一个保姆。后来灯泡老了不亮了，陈玲也就变成了他的老婆。我问过陈玲你和一个老头子睡觉是什么感觉。她说像抱着一只小羊。

秃子这些天总是跟我聊起他梦里的白羊。一群群洁白、纯净的羊，个个晶莹剔透宛如天使。秃子除了会跟我说白羊，还特别喜欢问我什么时候计划去一趟草原。他要给我做向导。我二十岁的时候已经不再做白日梦，秃子到了五六十岁只能做白日梦了。秃子打个盹都要说他家变成了一片绿油油的草地。陈玲为了不让秃子白天睡觉，整天开着音乐。

秃子从前一点也不傻，相反是个十分精明的商人，要不然也没钱买下这豪宅。他说他是白手起家，做煤炭生意的。后来局势不对，煤炭帝国纷纷倒塌了。秃子就把手里的煤矿变卖了，手里的钱黑的白的都不少。秃子看起来有点老态，但自从得了精神病整个人年轻了许多。他为什么得了精神病呢？他说是因为自己太有钱了而不知道怎么花，而后又不知道因为什么被人骗了一笔钱，后来整个人就成这样了。

秃子退隐后依旧喜欢指着地图告诉别人，他曾经在哪里哪里叱咤风云。大江南北，他都曾去过哪些地方。他的地图上标下的第一个点是呼伦贝尔，他在那里度过了无忧无虑的童年。

在十七岁的时候他离开那里到了科尔沁，他舅舅在那里给他找了一份清闲的职业。他第一次有了工作，也第一次有了女人。初恋单纯而又美好，他说那女孩像一只洁白可爱的小羊羔，整天依偎在他身边。两人度过了一段甜蜜的时光，但是那个女孩的家长嫌他太穷不愿意将女儿许配给他。自此他发誓这一辈子过得都不能再让人看不起，与女孩约定好之后去了呼和浩特创业。半年后，他一败涂地。那女孩嫁给了别人。

接下来的一站是包头。他做起了煤矿生意。他说那时候的人只要是狠心就能成事。他无家无业，了无牵挂，很适合这个黑黑的职业。很快他风生水起。再接着他顺着地图一路南下，西安、贵阳、昆明、大理。他那几年玩了一遍，他偷偷地告诉我他最风光的时候身边的漂亮女人有好几个，每一个都比陈玲漂亮。他又说不过那时候他已经黑了，白羊都不认识他。他还喜欢去香港、澳门豪赌，输了不少钱但是高兴。回包头之后，他都翻倍地赚回来了。往后的日子他的事业蒸蒸日上，全国各地到处买房产。现在居住的地方就是那时候置下的产业。后来煤矿不好做了，他跑去开发房地产莫名其妙地被人骗了，心灰意冷洗手不干了。

再下来就是我们看到的一切了。秃子常常幻想自己是一只小羊，纯洁无瑕。他嗜羊如命，甚至在自己房间里养了一只。

秃子每天对着它不停地说话。他身边的女人换了一个又一个最后娶了自己的保姆,尽管陈玲也不知道自己肚子里的孩子是不是他的。陈玲说再牛逼的男人有了孩子之后都是纸老虎,更何况秃子还是半个傻子。我听了之后顿生感慨,人生变数无数,谁能想到曾经的穷小子变成一方霸主,然后曾经的一方霸主如今只会窝在家里数羊呢?

接着,陈玲还告诉我说:"秃子祖祖辈辈都是北京人,从未到过什么呼伦贝尔,却总说自己在草原的天堂上度过了完美的一生。"

盐荒

就像这世上任何一次毫无征兆、令人恐慌并且荒诞无稽的流言一样,那次关于食盐短缺的传言也闹得大家鸡犬不宁。相信经历过那次食用盐运动的人,都很乐意忘记。大家疯了似的包围超市,搬空里面的食用盐,商家趁机抬价,以每包超出原价十倍的价格出手,仍被一抢而空,甚至有人为了抢盐而大打出手弄得头破血流。我的邻居是一位经历过饥荒、战争等一系列时代悲剧的高龄老人,他为了避免自己在有生之年遭遇不能畅快吃盐的悲剧,依照自己的饭量,下了五根粗面条,以半包盐为佐料吃了下去,因此差点把自己腌成了腊肉而住院。他的老婆也不甘示弱,因在本省买不到盐,所以托儿子从别的省份买了一箱子盐回家,从而成功使儿子犯法入狱。

当时我正在读高中,因为吃的是学校的大锅饭,而意外见证了这场盐荒的起源。一日,一个粗心的学校厨子做晚饭时,忘记给菜放盐了。导致全校两千名师生吃了一顿没有任何味道的饭。这所学校的校长是一个因为坚持不给学生放假以提高教学质量的理念,而被调皮孩子折磨成神经质的中年人。当他吃完第一口饭发现没有味道时,还以为自己出现了错觉,于是慌忙地吃下了一碗饭,发现还是没有味道,再吃一碗,完了完了,他开始怀疑自己失去味觉了。平时在网络上流传的中年危机、中年对抗血癌、中年突然失去味觉之类的信息一瞬之间灌进他的大脑。他开始问他的秘书,你觉得饭咸吗?秘书也觉得不咸。他又问了几个学生,还是回答不咸。他这才开始放宽心,原来大家都觉得不咸。

但是刚放心一会儿,心又立马跳到嗓子眼了。他想我一个堂堂封闭式高级私立学校的饭,做的不咸,没有味道,全校几千人肯定都在吐槽这顿饭了,这几千个人肯定要奔走相告,弄得名声不好，我来年还怎么招生？招不到学生，我怎么养家糊口？于是他通过学校的广播，发布了一条消息：近日本省缺盐，学校采购方奔走多地未买到盐，因此晚饭没有放盐，请大家见谅。

广播吱吱歪歪再加上校长的普通话说得也不是太好，发布出来的时候大家听得很模糊。能读得起这所封闭式高级私立学校的人，皆是本地的优质生源，学生家长中不乏各级官员、工厂老板。校长怎么能让他们知道自己的孩子在学校吃得不好呢，于是派了几个老师安排学生给家长打电话，说学校是因为盐荒，买不到盐才没有做好饭的。为了高考，学生们平时没有双休日，一月才放一次假，在学校里只能读书，没有任何娱乐设施，连手机也要没收。好不容易逮到一次可以给外界打电话的空儿，哪里能错过这次捣蛋的机会。于是一夜之后，住在这所封闭学校里的每一个学生都开始疯了似的往外打电话通知自己的家人和朋友。这个消息很快就由"没有盐了"，变成了"盐很快要从这个世界上消失了"，而后又变成了一场盐荒运动。

这所学校的校长毕业于本国最好的大学，因其在全国各大期刊发表的文章多达数千篇而闻名于全市。这所学校又是省重点中的重点，培养的学生输往全国各大高校。对于校长说的话，大家不可不信。曾有一个地理老师怀疑过校长说的话，他立马被教导主任拉去训了话。其实教导主任也曾怀疑过，但是只要他一上网，发现这则消息已经覆盖了本市所有的论坛，他也不得不通知家人多买点盐防着点。

而这些学生中的某些家长也动了歪脑筋，借此想出了一条生财之道，便屯了十年也吃不完的盐，打算在日后无盐的日子拿出来卖。一夜之间，全市的盐都被买光了。而那些真正的有识之士，或者听到消息晚的人第二天上街，发现盐已经没有了。这场假盐荒就这样不知不觉地变成了真的。

盐荒在八月七号这一天达到了极致。城北有一个村，因为距离市区太远、消息闭塞又没有钱，没有任何一户人家的孩子去那所封闭学校读书，所以他们一直到盐荒后的好几天才得知这一消息。反正一穷二白什么也不怕，他们便跑到大街上吵着闹着要求给他们一个说法，为什么全市的人都屯了盐而只有他们被蒙在鼓里。他们打着旗子在大街上四处游行，求老天爷给他们一个说法。老天爷果然很给面子，把太阳的光亮度调得大大的，很快弄倒了他们中的一位。这个中暑的人被移到全市最大的一家超市里面。两分钟后，这个中暑的人就伪装成了一个被超市保安打瘸的人。村里人以此为要挟，请超市的经理送他们几箱盐作为补偿。

为了达到目的，这个村子里的人个个都充分发挥了自己的优势,演戏的演戏,假哭的假哭,在超市门口敲锣打鼓,吸引了一大群同样没有抢到盐的人围观。这些人把盐短缺的罪过都怪罪在这个超市经理的头上。超市的经理本来还理直气壮地搬出了苏格拉底、亚里士多德等古希腊哲学家和他们吵,结果被村子里的一个大汉把他连同保安一起,闷着头绑起来打了一顿。围观的人看见超市的老大被弄倒了,便一哄而上,砸烂监控、涌入超市。

本来这些人只打算搬走几箱盐回家的,都怪超市的物品种类太过于丰富,让人不得不想顺手多拿几件。其中有一个人想起自己冬天没有棉服穿,趁乱偷了几件冬衣,当他穿过拥挤的人群往外走时,遇见了自己的老同学,老同学问他:"你咋拿了这么多过冬的衣服?"他红了脸连忙说道:"免费……免费的……"他的同学听了以后不假思索地喊了起来:"免费啦!免费啦!"很多人听到这个消息以后也开始喊:"免费啦!免费啦!"他们涌入超市,力所能及地往家里搬最多的东西,边跑还边喊着:"免费啦!免费啦!"很快越来越多的人听到了这个激动人心的消息,他们开着车把这条道路堵得水泄不通。

其中一个一辈子没有吃过蛋糕的老太太,因为身体不便走不动路,干脆就坐在了蛋糕橱柜里,一边吃一边往自己衣服里面塞;一个十岁的小女孩因为想要一个珍珠发卡而打碎了珠宝柜的玻璃；一位中年的妇女为了和另一个男人争夺一条黄金项链而捅伤了对方；还有一些什么都不需要的有钱人也混杂在其中，专挑又贵又轻便的东西拿。超市的地板上一片狼藉，四处散着鸡蛋壳、面包屑、咸鱼干、一只小孩的鞋子、贴着标签的内裤、打碎了的茶杯……狂欢开始半小时后，那些被人揍了一顿哭坐在地上的保安和经理才从拥挤的人群中挤出来，跑到对面的街区报了警。

疯女人是这场盐荒运动唯一的死者。她是这条街区附近一个要饭的，尽管已经成功活到了一把年纪，她还是每天都怀疑有人要杀她（据说她的妈妈当年为了再要个男孩而差点把她捂死）。她每次刷碗都用洗洁精要刷上三遍，然后用特质的抹布抹干净（据说是一块猫皮）。她很喜欢风油精的味道，因为那个可以让她确信她还清醒地活着。当时她正骑车从那条街的主干道上经过，发现超市被堵得水泄不通。人们都从自己的家里跑出来，拼命往这条街上挤。她不得不拐回头往另一个方向走。这一天她赶到超市就是为了买一盒风油精。

可当她往回赶时，大批警察已经闻讯赶来，将他们围成一团。她又不得不再次拐回头去往里面挤，她觉得自己几十年的预感已经要实现了——这些警察正是上天派来刺杀她的。她本来想冲在人们前面，跟这些警察来些正面冲突，死也要死得光荣。但是又觉得那么容易死了,不好玩。她便丢下自行车往人群里挤。结果因为这条街上的人太多,警察知道怕是控制不了,围了一会儿又开车走了。这让原本打算哗啦啦往里面挤的人,又哗啦啦往外散,人群就像一个被扎了一下而突然爆炸的气球,砰地一声散开了。她还没来得及转身就被人潮推倒在地,几分钟后就被人踩死了。

疯女人被踩得全身是血,凡是经过她的人,鞋子上都难免沾了一点血迹。水泥地上那些带血的鞋印像小鬼一样对着人的影子猛扑,人们像风一样飞快散开,越来越害怕。不知是谁,发现自己踩了一脚血之后喊了一声:"快脱鞋……脱鞋!"不少人又开始边跑边扔掉自己的鞋子,连那些鞋上没有沾任何东西的人也脱掉了自己的鞋。如果当时有人偶然经过这里,发现人们从超市涌出,往四周疯了一样散开,马路上四处是血迹和被丢弃的东一只西一只的鞋子,一定会像见到霸王龙一样恐惧。

死了一个人以后,上面的人终于开始重视起这些问题,他们惩罚了那些囤盐居奇的人,风行数日的盐荒就这样突然间停止了。如果你现在到当地某些人家的厨房去看一看,说不定还能看见没有吃完的盐。据说当时有位富商为了证明自己很富,用盐盖了一面墙,现在已经全化了。

我只是想死得好看

从前有一个人,活得好好的,突然有一天就想去死。

这个人叫阿唐。小镇上的每一个人都说他中了邪,信了一种比邪教还邪门的东西。可是他最近几年都表现得很正常,甚至非常积极向上。他每天早上六点钟起床,喝一杯蜂蜜水后,到西边的小公园里打一个小时太极拳。晚上九点,准时关门睡觉。他的饮食也非常讲究,早晨和晚上只吃新鲜的蔬菜、水果,中午吃荤。鸡鸭、猪肉、牛肉、羊肉，他都很喜欢吃，就是不吃鱼。镇上的朋友们经常劝阿唐，叫他没事时出来和哥们喝喝啤酒、打打牌。刚开始他还愿意出来，后来不知怎么渐渐也不来了。

总之，阿唐一直强迫自己过一种健康而有规律的生活。他的邻居小梅说，甚至连他家狗的生活都比我们健康。就是这样健康的阿唐要去自焚了，而且他声称自焚是为了保护他自己。他要去自焚也就罢了，还非要坐火车跑到省城的大广场上去自焚。警察已经把他抓回来很多次了，可他还是要去。后来镇长干脆放话对他说："你去自焚吧！只要不去省城的大广场给我们镇上的人丢人，我们真的不会再拦着你了！"但是阿唐心里很是愤懑，到省城里去已经成了他的理想。他觉得只有那个地方才配得上他用烈火燃烧掉自由的魂，其实更重要的原因是他从来没有出过他们的镇子，所以他下定决心人生结束的时候一定要去一趟那里。

于是阿唐就是开始为实现他的理想而制定一系列周密的计划。首先他要计划的是如何顺利到达那个地方，现在警察已经将他列入了黑名单，坐车去已经不可能。他计划骑摩托车去。可是他又想，骑摩托车会排放尾气污染环境，这可不行，我马上要离开这个世界了，不能再给这个世界添一点污染了。思来想去，他决定骑自行车去。一来显示了他的决心和诚意，二来还可以实现他从小的一个心愿。

阿唐小时候家里很穷，没有额外的钱给他买除了课本以外的东西。幸运的是从他家到学校的路上总是要经过一段铁轨，而这些呼啸而过的火车总能给他带来一些好运。有时他会捡到一根火腿肠，有时是一个掉了轮子的玩具汽车，有时是半截的铅笔……这些东西，曾经让他觉得自己的人生非常美好，哪怕得到的只是那些别人丢弃的东西。这让他萌生了一个愿望，他想等自己长大了有钱了以后，就骑一辆车从家里出发，给沿途遇到的每一个小孩发一些小礼物。

现在一切都已时机成熟。他家已不再是那个贫穷的家庭，他的大姐、二姐下海经商赚了很多的钱，给父母在小镇上买了套独栋住。他的哥哥死于肺癌后因为没有孩子，遗产也全部留给他了。他自己日子过得也不差，结过一次婚，有过一份很多人都羡慕的差事，可是他每天都感觉很空荡，有什么地方在漏洞，令他的人生充满空虚。

阿唐计划九月上旬的一天骑车开始往省城走，预计大约不到两个星期，他就可以到了。这样他就可以赶在十月一日这一天，到广场上去。但他还是有点担心，万一十月一日，警察太多，又把他抓走了该怎么办？那就改到十月二号或三号吧！他一边想一边对自己说:"人人都有权选择自己怎么死。"

为了少受点风吹日晒,他一路上都将自己包裹得严严实实。阿唐是个比较黑的人,可是他的初恋说她比较喜欢白一点的男生。阿唐时刻把这句话记在心里,就算马上要去自杀了,也得死得好看。在阿唐的想象中,他的自焚是对世界最热烈的赞美。他的四肢会扭动犹如春天的柳树抽出新枝,他会通体发红如同热烈的玫瑰在风中向着自由和爱歌颂。那一瞬间,缪斯一定是属于他的,全世界都是他的。

可是由于包裹得太严实,使他饱受争议。一个一辈子没玩过微信的人,突然有一天在网上成了红人。四处都开始有他的传说:某个神秘的男人骑着自行车,一路给小孩发糖、饼干和铅笔。他故事蔓延如疾病,一开始人们都说这一定是个天使,甚至有人给他起了个外号叫骑行侠。他每到一处都特别受欢迎,那些小孩子围着他像蜜蜂围绕着花朵,使他觉得自己也变成了一个可爱的小孩子。但后来不知是他家乡的谁将他打算自焚的事情发到了网上,使得一切都开始戏剧性地反转,流言令他由天使变成了恶棍,甚至有人怀疑他企图拐卖儿童、毒害百姓。他收到的鲜花逐渐变成了臭鸡蛋,就在他快到省城的时候,警察突然以一项不知道是什么的罪名把他抓走了。

> 要是没有钱你就惨啦!

王五四从上周一开始就想要出去打一个劫了。

像出去买菜、遛狗那么顺便一样,他想出去打个劫。运气好的话可以抢一部苹果手机,卖个三五千总是有的,运气不好总能抢个一两百块钱够自己这几天吃饭的吧。如果实在运气太差,大不了就坐牢咯。关于坐牢这件事情,王五四曾经认真地想过。他觉得他至少是适合吃牢饭的。住集体宿舍管吃有工干,这跟在外面打工有什么区别,在里面至少还不用整天担心拿不到工钱或者被骗了。王五四的哥哥王五六是不同意他的观点的,虽然王五六一直强调在牢里没钱赚,但是他在外面几乎快打了一辈子的工了,也没见到挣的钱在哪里。反正王五四现在也差不多身无分文,正愁下半年没一个去处呢。今年年初他从昆山坐火车去上海打了大半年工,攒了几万块钱结果被一个诈骗电话诈得身无分文。他至今没法搞清楚,那个诈骗的人怎么对他的身份信息搞得如此清楚。

王五四想这件事情想了老半天也没弄明白,于是他去问他的兄弟王五六,结果老六按照他提供的信息研究了一遍,身上的钱也被骗光了。实在没法了,王五四就和王五六商量,要不然咱们去打一个劫吧！王五六想都没想就答应了,其实他也早就想这么干了。一整天正正经经地沉浮在吃饭睡觉工作这三点一线上,就这样大半辈子就过去了,真是无聊。于是他们趁夜搭了一个顺风车,想去一个没有人认识他们的地方下手。

坐在车上的时候王五四就在想,打劫总是需要什么工具吧！面具、刀叉或者是像电影里的套个丝袜？王五六也在脑子里组织了一些关于打劫的前期准备。打劫的话,总是要好好计划一下的,计划的话总是要动脑子,想动好脑子就是要吃一顿好饭,然后找个地方好好住一晚上休息一下,才能想出办法来。

于是王五四和王五六得出了一个一致的结论就是,他们需要一笔钱来计划一下怎么打劫。

这时王五六就问司机师傅说:"你有钱吗?可以借给我一点吗?"

司机说:"我没有钱。"

王五六说:"要是没有钱你就惨了。"

王五四接着说:"对!没有钱你就惨了。我们两个人你一个人,你斗不过我们的。你要是不给我钱,那我就杀了你。"

司机说:"我确实没有钱,你要钱做什么?"

王五四说:"我们要钱,是要做一个周详的计划,然后出去打劫,掌握了打劫的技巧之后,得到钱回老家,然后过上衣食无忧的日子。"

司机想反正自己也没有钱,为何不搏一把呢,于是他说:"我也想过上衣食无忧的生活,那我和你们一起打劫吧。"

王五四和老六商量了一下,多一个人就是一份力量,也没有什么坏处,毕竟他还有一辆车。于是司机师傅就加入了打劫的阵营。司机加入了打劫团伙以后,王五六就和王五四把车上的车载音响、充电器、坐垫等一切可拆卸的东西都拆了下来拿去加油站附近的废品站卖了。看到这时司机有些心疼,但是王五四一再表示,一旦打劫得到了钱就给司机赎回来。他们三个人卖了车上的东西得到了钱之后，找到了一家餐厅大吃一顿，之后又回车上睡了一觉，等到凌晨两点街上没有什么人可以阻碍他们的时候，正式出动打劫去了。

　　这三个人不想搞得太丧，于是从超市买了一把细长的小刀就算是全部的打劫工具了。老六负责放风，王五四负责打劫，司机负责逃跑事宜。结果他们三个人站在人迹罕至的路口被冷风活活吹了一个多小时，除了几辆急速而过的汽车什么都没有见着。大家都感到非常无聊，司机甚至都想散伙了，但他又不知该怎么开口，于是从裤兜里摸出了一包烟抽了起来。王五四看见了之后说："有烟啊！不早说！"司机说："就剩这一根了，还是背着我女朋友悄悄藏下的。"说着他把抽的烟递给了王五四，王五四抽了几口之后又递给了王五六。王五六说："你都有车又有女朋友了还出来打劫干嘛！"司机说："钱不够花啊！我想娶她还需要一大笔呢！"王五四说："老六你不懂，女人可都是狐狸精变的，花钱比印钞机的速度还快。"王五六说："我要是有女朋友，我就不出来打劫了。"司机说："等你有了女朋友你就知道了。"

　　正当他们三个人聊着起劲的时候，从马路对面走过来了一个男人。王五四说："大家看，机会来了！"说着三个人便退到公路边的草丛里藏了起来，等这个人走过来之后，王五四从他的身后捂住他的眼,拿刀抵在他的腰上说:"你有钱吗?拿出来借我用用。"那个男人慌张了一下,然后说:"我只有十几块钱。"王五四示意王五六去搜他的身。王五六在他的身上翻来翻去果然只翻到了十几块钱。王五六说:"那你赶紧走吧,以后别这么晚出门了。"王五四气不过费了半天只抢到了十几块钱,便从身后踹了他一脚问:"真的没有了吗?"那个人被踹了一脚后一个趔趄跌倒在草丛里说:"只有这么多了。"司机看他害怕的样子便逗他:"那你给我们学个青蛙跳再走。"

　　那个青年其实也是刚来此地没有地方住,找了一家工资可以日结的超市值夜班。早晨拿到了钱便去网吧睡觉,睡醒了吃碗盒饭而后又去值夜班。当王五四一伙人要打劫他的那一刻他还挺害怕,但当他把手放在额头上,低下头往前跳青蛙时,脑海里浮现出自己平日委屈的生活,不知道身上从哪里来了一股子劲,跳了起来说:"我身上没有钱,但是我知道哪里有。"司机说:"哪里有?"那个人眨了眨眼说:"我在附近的一家便利店上班,负责收银。等下我就要去接替别人上夜班了,钱现在就在那里。"有多少个饥肠辘辘的夜晚他想偷吃一根超市的火腿肠,碍于明亮的灯明亮的摄像头都没有实施。每天盯着这些花花绿绿的商品,作为收银员的自己却买不起。现在刚好有一群想打劫的人出现在他的面前,兴许是个机会。王五六这时说:

"反正也已经抢劫了,十几块钱也不够花的,要不我们跟着他抢劫那家便利店吧!"

于是他们四个人一起来到了便利店。店员对便利店很熟悉,他跟另一个人换了班,等那个人一走,他就掐断了监视器,砸烂了柜台的玻璃,关上了门,放那几个人进来,把超市的零食、烟酒、值钱点的用品都搬到小车上,坐着车开走了。走到半路的时候,店员发现不对劲,如果连他也消失了,案情不就不可靠了。于是他提议,收银款里的钱分一半归他,从超市里抢劫回来的东西归其他人,大家各走各的怎么样。天马上就要亮了,王五四和王五六也着急回家。他们拿走了剩下的钱,顺便拎了几条烟,把剩下的这些零食和用品留给了司机。司机看到自己的车装得满满的,觉得很满意就让他们走了。

司机驾着车哼着小曲,想着先去赎回他们之前贱卖的车上用品。没想到到了收费站,原来只卖了一百二的东西,想要赎回来居然要花六百块钱,而车子上的那些东西又不能立马变现,先前的那些开心立马变成了愤懑不平。司机看着自己的车,堆满了各种零食、洗发水、卫生纸、刮胡子刀。这时他突然意识到,这可都是他犯罪的证据啊!那些人都已经逃往外地了,想着想着他心里一阵惊慌,而天渐渐地就要亮了。王五四和王五六拆开的那些薯片、果冻等乱七八糟的东西仍在他的车里四处散着，被拆下的车座、音响，并没有如约补齐。他又乱又烦，如果他的女朋友看到了他把车弄成了这个样子，肯定会大发雷霆的。他开着车在马路边转来转去，不敢回家又没钱把那些东西赎回来，从超市里偷的脏货又不知道卖给谁，为此他又失落又恼火，最终决定把这些零用品扔掉，然后报警抓了这两个坏人，说他们把他的车座都打劫走了。

于是他把车开到了一条环形的立交桥下面把零食、用品扔到了下面给了那些无家可归的流浪者，然后又把车开到桥上拿起了电话拨通了110。他说自己的车被打劫了，车上的用品都被打劫走了。警察问他："你在哪儿被劫的？"司机看了一眼这个桥的上的地标说："朝阳河桥。"警察又问："在朝阳河桥南还是北？东还是西？"司机暗自想了一下，他记得那几个人是从东边来的然后说："朝阳河东？"但是他被抢是在西边于是他又改口："不对，朝阳河西。"警察问："到底是朝阳河东还是西？"司机摸了摸头说："我也记不清是东是西了。"警察说："那我就没办法了，朝阳河东归朝阳河东派出所管理，朝阳河西归西派出所管理。你到底在哪边被抢的？"司机支支吾吾说："夜太深了，我也记不清楚了。"警察说："那你想清楚再打过来吧！"

挂了电话之后，司机琢磨了一会儿，到底是说在东边被抢好呢还是在西边被抢好？他们抢超市是在西边，为了不引起注意还是说成在朝阳河东被抢比较好。他抽根烟又暗自想了一会儿，如果警察来盘问他关于那两个劫匪的事情他该怎么作答。那两个人长什么样呢？昨天晚上也确实太黑了，他没有看得太清楚，只记得两人大概都是二三十岁的青年，其中有一个人带了一顶黑帽子、眼睛很大。他们叫什么名字呢？他也没问。正当他琢磨着这些问题的时候，天渐渐亮了，东方泛着一点点鱼肚白。一丝蓝紫色的光，照耀在朝阳河的水上，世界显得静谧又诡异。朝阳河畔的高楼大厦在黎明的掩映之下显得遥远极了，司机对着高楼上他那些他不熟悉的富人，抽了几根烟又拿出手机刷了一会儿微信，而后看着立交桥上来来往往的车流沉默了一会儿，然后拨通警察的电话。但当等电话接通了以后，他突然有点哽咽着不知道该说些什么，只说了一句："天亮了"。

相亲记

　　从前有一个自视甚高但并不出名的女作家。有一天晚上她睡不着觉，托着下巴，坐在窗前，摆弄着眼前插在花瓶里的一大捧玫瑰花。兴许是出于无聊，她揪起了那些玫瑰鲜艳欲滴的花瓣。看着如凝脂般美妙无言的花瓣一瓣一瓣地往下掉，她开始回忆起了往事，不禁感慨年华易逝、时光紧俏，伤心了一番之后，她突发奇想：难道我就不能为这个世界制造出一点点温暖而充满爱意的事情吗？

于是她思前想后，决定制造一点爱情出来。她拿出笔，在纸上罗列了一系列她所认识的单身人士。经过深思熟虑，分析了男女双方的家庭状况、性格、学历、样貌等各方面的条件，挑中了一对男女。并挑选了一个黄道吉日，约了双方一起去看电影。经过这位女作家巧舌如簧般的游说，这一对男女彼此见过面以后，也表示相互满意，有进一步发展的打算。但是这位女作家却忽略了一个十分重要的因素，那就是这两个人谁都没有谈过恋爱。于是乎事情变成了，这个女作家开始手把手教男女双方怎么给对方买礼物、聊天用什么表情包、约会适合看什么样的电影。诸如此般，折腾了一段时间后，忽然有一天，女方不知道为什么就告诉这个女作家，她不想和男方交往了。

给别人介绍对象失败以后，女作家深刻地了解到了媒婆这个行业是有很强的专业性的，那可不是谁说干就能干的。于是乎以后她每次遇见了那些热心给别人介绍对象而不求回报的人，都多了一份敬意。光想着给别人介绍对象，没过多久女作家自己也遇见了一个。那时刚过了年，女作家去她姥姥家所在那个偏远的湖南某个山区小村庄采风，想写一些关于现代农村的文章。一日午饭过后，不知道从哪里来了一个串门子的陌生女人。谈话间她因听说女作家已经有29岁的"高龄"还没有找到对象而感到苦恼异常。

那个女人四十岁出头的样子,两只眼睛亮晶晶,身上穿着蓝色棉服配着黑皮裤子,头发染成了栗色。那女人一边嗑瓜子一边盯着女作家看,她托住下巴,左思右想,不一会儿便决定把这个解决"剩女"的重任揽到自己身上了。这个女作家自视甚高,很好奇在这个乡村妇女的眼中自己是个什么形象。她想,给我介绍的对象,至少也应该是这个乡的乡长之类的级别吧!再加上那份给别人介绍对象的经历,她对眼前这个女人是无法拒绝的。

那个女人先是打量了她一会儿,然后就开始问东问西,但没想到的是她第一个问题就把女作家问倒了:"你是做什么的?"

女作家说:"写东西。"

"写东西是做什么的?"

女作家想了一想发现竟然没办法解释,便说我也不清楚。

而后那女人问:"能挣钱吗?"

"大概不能吧!"

接着那女人又问:"你年收入多少?"

女作家衡量了好一会儿,认真地琢磨了一下今年自己的收支情况,收入稿费十万块,去日本旅游花了五万块,租房子花了三万,再吃吃喝喝,基本没剩下钱,然后她诚实地告诉那个女人:"大于等于零吧!"

只见那女人惊讶地叹了一口气,瞪大了眼珠问她:"不会挣钱也行,你有什么特长吗?"

女作家说:"健忘算吗?"

她无奈地摇了摇头然后又问:"你会种地吗?"

女作家说:"不太会。"

那女人表示同意:"你们现在的姑娘,我懂得很,很多上学上傻了,连豌豆苗和豆秧子都分不清。"然后她仔细看了看她的脸又伸过手来捏了捏她的手,"嗯,在家也没干过什么活吧!"

女作家说:"是的。"

接着,那女人又问了一些别的问题,比如说:家里的父母健康吗,会做饭吗之类的。见女作家不知道怎么回答,那女人又围着她转了几圈。

哦对,应该补充一下此时女作家的衣着打扮。由于南方没有暖气,这位女作家冻得够呛,她的小皮鞋、大衣到了那里根本穿不着。天气过于寒冷,她穿上了一件绣有龙凤呈祥印花图样的长夹棉袄。嗯,就是她姥姥平时跳广场舞穿的外套。脚踏印着卡通人物熊二的鞋子——她姥爷长达四十二码的拖鞋,上面还有几抹泥巴。再加上她性格疏懒,不爱打理也没有梳头、洗脸。那女人对着她连叹了几口气,最后经过再三衡量,考虑到本村的人口、各家各户的条件情况，最终得出了一个结论，然后跟女作家说："像你这种情况，怪不得到现在都没找好婆家。这样吧，我勉强把我侄子的表弟的同学介绍给你。那个小子又勤快又能干。"

　　他是一个杀猪的，现在家里只缺一个会数钱的女人。

在这个世界刚生产出肥皂的时候

有一个国家的国王为了显示自己对皇后的爱，重金买下了世界上生产出的第一块肥皂献给她。谁知皇后对其中的某种神秘的成分过敏，用过后全身红肿，又不忍心拂了国王的好意，便把肥皂赐给了她的侍女。侍女还以为肥皂就是传说中的果冻，吃了几口死掉了。此后由王宫传出的关于肥皂的不祥之言，蔓延到整个国家。

紧接着大臣开始颁布禁令，学术界发表了一系列有关于肥皂威胁论的说法，从肥皂的产地到该国的政治图谋都被扯到这个事件当中，做成书在全世界蔓延。为了防止外来肥皂的入侵，甚至还因此封闭了国门。后来有一批被派出国考察的外交官，发现别的国家的人正和肥皂相处得不亦乐乎而感到惊奇，其中有一个胆子很大的人因将自己的见闻告诉了亲朋好友而被当成异教徒处理了。

后来有家野心勃勃想载入史册的媒体把这件事在整个世界炒火了，引发了使用肥皂的国家和不使用肥皂的国家之间的信仰纠纷。这些国家之间相互联盟、缔结条约、勾结，企图瓜分对方的土地和财产，便以讨伐肥皂为借口发动了一场战争，史称第一次世界大战。

黄寺大街的骆驼

从前有个人在黄寺大街弄丢了一头骆驼。为此，他穿越整个中国去找。从白到黑，从春到冬，岁月一点点地像沙子流过指尖飞快地奔走。但是他的脑海里从来没有忘记那个念头，他要找到那个骆驼。他从十六岁离家开始，就在一直不停地寻找那只骆驼。

他常常能梦见那头骆驼闪闪发亮的金黄色的皮毛、健硕的身躯和清澈见底的双眼。每每做到这个梦的时候，他已经醒来了。但他还是要再闭上双眼，回味一番的。当他看到别人牵着自己的骆驼耀武扬威地在大街上炫耀的时候，阿明就恨恨地咬咬牙告诫自己："再坚持一下！我很快就要拥有一头属于自己的骆驼了。"

可是，等他到了五十岁的时候竟然还没找到骆驼。他有点泄气了，渐渐地也很少梦见骆驼了。他背着一家三口去找骆驼，显得愈发费力。有时他想把找骆驼的愿望放弃掉，去背一家三口。有时他想把一家三口扔掉，去找骆驼。他越来越不明白他想找的那头骆驼是怎么一回事情了。他年轻的时候曾经写了满满一柜子的书，都是研究骆驼和找骆驼的计划。可现在他老了，走不动了。他想，我不该去找骆驼了。

这时骆驼来找他了。

灵魂

从前有一个人做梦的时候悄悄地死掉了，但他的灵魂不知道。

第二天他的灵魂依旧如常，起床、刷牙洗漱，赶地铁，上班，忙活了一天又一天，竟然没有人发现他死了。这个人一直是独居，没有什么朋友。在单位工作，同事也总是各干各的，大家看不到他，也没有谁在意。就这样过了一段时间以后，他去超市采购,结账的时候突然发现,售货员看不见他。紧接着他发现自己不知怎么了学会了隐身术,只要他摸到什么东西,别人就看不见什么。于是他兴奋极了,开始疯狂抢劫财物。这样忙活一段时间,他又感觉空虚无聊,即便是穿了一身名牌,没有人能看见也没什么意思。他感到孤独极了,一心只想杀死自己。后来又有一个人,这个人做梦醒来以后,不知道自己还活没活着。他设想如果自己死了上了天堂,眼前的一切该有的还都有。但他宁愿相信自己正活在地狱里,鬼才背这么多房贷吧!如果自己仍然活着,很多事情就解释不通了。比如活人的世界为什么还这样冷漠?为什么自己这么努力依然一无所得,而另一些人什么努力都不做就能赢得一切呢?于是他就想方设法证明自己还活着,蹦极、跳伞,做一系列刺激的运动。后来,不知道自己死了的灵魂遇见了这个不知道自己还活着的灵魂,他很心疼这个人。于是他跑到他的梦里打算帮他,证明来证明去,结果发现自己已经死去了很久。

发明头发的死神

很久很久以前人类是不长头发的。

发明头发的是一个死神。

这个死神叫默克,他住在德胜门。

默克每天的任务就是带走德胜门所有阳寿已到限定的人。与传说中的不同,他并非是穿着黑色西服外套,拿着一把帅气镰刀用来割命的神,也不是牛头或者马面。他是一个典型的中年男人，他需要养家糊口，他喜欢吃臭豆腐和西红柿炒蛋。你知道的，有时候那些将死之人在知道自己天命的时候，总是哭哭啼啼的。他不好意思不等人家把身后事都交代清楚就把这个人的命取走。但是这些人由于怕死，总是使用漫长的哭泣术进行拖延，迟迟不肯吐出最后一口气。可是默克他不想一直站在这个人旁边就这样傻等着，他还要去接女儿放学、去买菜做饭呢。如果每个人都是这样麻烦，那得多碍事儿啊！

于是他想了一个办法，他给每个人的头上都安装了天线，这些天线用肉眼是看不清楚的。由于看不清楚，他常常搞糊涂，于是他又不得不给天线安装上明显的连接线。这些连接线就是头发，有了头发默克就可以迅速在人群中一眼看到谁快死了。这些连接线，会一点一点地吸收这个人的记忆，当头发吸满记忆的时候就会自动变白、断线、飘到空中，等头发掉完了，与此同时这个人也就死了。而他只需要及时地将这些头发收集起来，送到灵魂垃圾站里清理完毕就好了。这样的话，他就不用一直待在那个人的身边等啊等，等到这个人说到口干舌燥、无话可说才咽气了。

可是事情总不会是大家事先设想的那样，有一次他安装的连接线出现了问题，因为天气太冷或者别的缘故，连接线把吸了一个人一生的记忆又全吐了回去。使得那个老先生死了一半,躺在棺材里又突然活了过来,吓大家一跳。等人们载歌载舞欢迎老先生又活了过来的时候,默克又一镰刀勾走了他的命。

闲人小娟

小娟是我认识的一个闲人,每天吃完早饭就出来打麻将,打到中午,回去吃饭,然后下午再四处搜罗人打麻将,日复一日。这样的闲人会有什么故事呢?要从一间公共澡堂开始讲起。我们那个地方不南不北,没有暖气,冬天出奇的冷,所以一入冬大家都是去澡堂洗澡。入了冬,外出打工的人就回来了。公共澡堂顺理成章地承担了拉近邻里关系、传播消息的功能。小娟就在洗澡的时候顺便给自己的女儿说了个媒。

没几日,对方给了礼钱。小娟又来洗澡,通过这种方式让各个地方的女人捎话告诉大家婚礼定在什么时候,好喝喜酒。而后其中有一个人问了一句:"下了多少礼钱啊?"小娟说:"十万。"对方说:"那钱可得藏好啊,年关贼饿。"小娟一边往身上打肥皂一边说:"谁有我会藏东西!"然后她就突然一个激灵说道:"坏了坏了。"两眼发直,光着身子浑身泡沫就从澡堂冲出去了。

那天人还挺多,满大街人都看着这个女人一丝不挂浑身泡沫从澡堂出来冲回自己的家。这个小娟每天都是老公做饭给她吃,自己不用炉子,所以她想贼肯定也注意不到厨房,于是就把钱藏在厨房的火灶台底下了。那天她放完钱就出来洗澡,通知大伙消息了。她想消息越早传开就会传得越广,份子钱就收得越多,也没来得及告诉老公就去洗澡了。所以她一慌张,只想着老公别生火把钱都烧没了就冲了出来。

后来有人当着她的面就笑话她,她自己也跟着笑了起来说:"当时忘了嘛,一时慌张顾不了那么多。"看她自己这么坦然,后来大家也就不当一回事了。这个小娟年轻的时候遭婆婆虐待、丈夫毒打,突然有一天洗着洗着衣服就跟一个门口路过的一个男人跑了。小娟跑到河南待了好几年时间,见对方待她也不是很好，于是又回来了。这个时候丈夫幡然悔悟，洗心革面，再加上婆婆也死了，从此以后就让她在家养尊处优，不做任何活计。

你现在看到她，她仍然坐在街头喝着闲茶，打着牌。

想当作家的鱼

　　从前有一个湖，里面所有的鱼都觉得自己是个作家。

　　有一天，一条乘着雨车从天上下来的鱼到这个湖里游了一会儿泳。看到这条天降鱼晶莹透亮，在湖里游得自由自在，湖里的土著鱼就不乐意了。于是这些鱼就坐在一起开会，他们想我们的湖可不是别的鱼随便想游泳就游泳的，想在湖里游泳首先得是个作家。

那当作家总要有个标准吧！到底怎么样才能判断出这条鱼是不是作家呢？他们就坐在一起边喝酒一边想，其中一个在教大学的鱼说："首先作家得有学识，连资本论都没读过算什么作家？"接着有一条快病死的鱼说："作家还必须得经历丰富，什么都没有经历过的鱼也不能当作家。"紧接着一条沉浮情海多年的鱼说："感情也必须多姿多彩才行。"而后一条在国家刊物工作的编辑鱼说："那总得发表过很多作品吧。"大家讨论来讨论去，也没有得出一个确切的答案。

后来又有一条外地的鱼，它也想到这个湖里游泳。于是它想方设法得知了那次谈话的内容，为了取得入湖资格证。这条鱼就开始努力地把自己打扮成一个作家的样子。当个作家首先得学富五车吧。于是它购买了大量的图书，以一个伟大作家的名字开了一个书店，专门用来上新闻、拍照。只会读书又不行咯，它还得发表作品。于是它就游走于各大名刊之间，东拉西扯发了很多东西。紧接着它发现如果长得好看，也很有帮助，它甚至还丰了胸。接着它又去练了口才，读了博士，研究了很多史上名人的风流往事，甚至还借人之笔出了一本书。

经过一番坎坷和挫折之后，最后这条鱼成功变成了一个公关。

好酒之徒

向阳河边住了一个男人,每一次喝醉就要去跳河……

他为什么要去跳河呢?其实也不是什么大事,就是因为他喜欢问别人:"我厉不厉害?"他光问也就罢了,他还很喜欢和人较劲:"我厉害还是马云厉害?我是不是比王健林还厉害?"万一你要是回答不厉害,他真的就要去跳河了。所以每次他一喝醉,他老婆就跟在他后面,他边问她边回答:"你厉害,你比美国总统还厉害，十个奥巴马也比不上你。"这个叫永明的男人会把他所能想到的一切厉害的男人都比较一遍，直到他老婆吹捧得他满意了，才回家睡觉。

有一天永明又喝酒了，恰巧这一天他老婆走亲戚去了，不在家。他的邻居老谭就想逗逗他，端着一碟子花生米、一包毛豆，跑到他家里劝酒。老谭一边吹捧他，一边给他灌酒，想挖他的边角料。老谭说："咱都是外出闯荡的爷们，天南海北没有咱没吃过的苦。一杯苦酒解千愁，喝不完咱不走。"一来二去，相互敬了几杯，两个人便没有任何意外地都喝醉了。

永明的脸涨红，一只手点着烟，一只手抓着他的头发往左边捋了几下。他的头发刚漂成了黄色的，但已长出了新的头发，发根黑的白的都有，远远看过去像一个狗的头，毛发不齐地往四周散着。老谭的头发没有永明好，他几乎要秃顶了，吃了一些从药店买来的药后，头的四周倒是长了一圈白发，老谭把它染黑了，但头顶依旧是秃着像个被砍光了树的土坡。黑夜覆盖在他俩的头上，时光显得又深又远像个无底洞。老谭也点了支烟，倒不急着抽，半个身子倚在桌子上，一只手托着下巴，眯着眼睛等永明的故事。

永明果然趁着酒意开始絮叨自己过往人生中的悔恨之事了，他说自己从前好赌，输了大半的家产，有孩子但没管好，有过好时光,但没有珍惜住。月下好景加之酒后伤情,然后他说着说着竟然把灌他酒的那个人给说哭了。

永明喝着正起劲呢,见那男人哭了开始有点不高兴了:"在天王老子面前你敢哭?"

男人本来眼泪就金贵,更不能被别人提,老谭急了抹掉滴眼泪开始反击:"去你奶奶,说你两句你还真以为自己多了不得!"

永明愣一下说:"我就是了不得!"

老谭说:"你给我听好了,你什么也不是。"

永明大骂道:"操你大爷!"

老谭说:"有本事咱俩比试比试瞧瞧谁有种?"

永明说:"比就比,老子怕你啊!"

老谭说:"怎么比?"

永明说:"你敢不敢跟我比试比试,谁跳河跳得远?"

老谭这个时候又补充说:"生在河边谁还怕水不成!有本事咱们把两瓶子啤酒喝完再跳!"

接着两个人咕嘟咕嘟又灌了两瓶子酒。

而后一前一后扑通两声,有一个人没上来。

蚊子，你好

老潘这个人做事非常积极，每天早晨五点就开始起来喂蚊子。

他很勤快也很神经，这一点我可以证明。比如老潘说他上一辈子是一个蚊子。我问他为什么。他说事情是这样的——他在投胎转世的时候少喝了一口孟婆汤，于是就有了许许多多不可思议的记忆。这种记忆里就包括了他是蚊子这件事情。我问他除了蚊子还有什么不可思议的记忆。他说多着呢！我说举个例子？然后他就举不出来了。

老潘在高兴的时候很能说，他是个天才的谎话篓子，兴许也是个伟大的作家。他跟我说蚊子的世界里有很多规则。蚊子和人一样有生、有死、有恋爱、有孩子，但是没有婚姻。大部分的蚊子只有年龄和种族的差异，没有外表的区别。也就是说在一个地区的蚊子只有三种模样，公蚊子长一个样，母蚊子长一个样，不公不母的绝育蚊子长一个样。公蚊子可以同遇见的任意一只母蚊子交配，反正都是一个样。除了蚊子老潘也爱其他的动物，比如老鼠、蟑螂、骆驼、兔子、猫和狗……老潘相信这些动物都是有记忆的，他说可能它们中的谁就是他曾经的亲戚或者下一世的伴侣。所以他从来都不欺负动物，不吃猫肉狗肉。

蚊子的生命很短，很多的蚊子上辈子都做过人，确切来说是坏人。老潘说上帝会惩罚人类，把他们变成各种动物，按照这辈子的罪行来划分。我问他什么样的人下辈子会投胎转世成蚊子？老潘说像钱多这样的。

钱多是我和老潘共同的一个敌人。老潘是个拾破烂的，我是个收废品的，钱多是个要饭的。以前我和老潘都是要饭的，现在我们迫不得已才改行了。这一切都怪钱多。我们几个中数钱多最有钱，众所周知要饭是个很吃香的行业。这可能是我国目前唯一一个不具有性别、年龄、学历、健康及家庭状况歧视的行业。以前按照行规来说是越惨越好，现在不惨也可以装惨。不管你瘸不瘸，傻不傻都可以去干。不要觉得只有毛病的人才去当要饭的，现在历经改革开放三十多年，各行各业的从业人员的质量都得到了普遍的提升。讨饭大军中不乏四肢健壮、头脑聪明、风流倜傥的人才。只是这一行的就业形势太好了，逐渐呈现出年轻化的状态。像我和老潘这种没有颜值的老人，才真的是要靠体力要饭。我和老潘以前也在钱多手下要过饭，可惜我们身上味道太重了，没人愿意给我们施舍。再加上我跟老潘不会缠人那一套，也不知道怎么在地铁上乞讨，渐渐就在这一行中被边缘化了。如今的街头乞讨不再是以前那种你想给就给的老规矩了，现在是只要你被黏上了就必须给钱，不给就拿着要饭的碗到处去追你。

钱多是一个生物专业毕业的研究生，毕业以后到了一家动物园里当了管理员。动物园园长说他给每一个管理员的机会都是平等的，于是请大家去"打麻将"。可是钱多太傻没想到园长家还有POS机就只带了现金，一个钱包才能装多少钱？于是钱多就由于输给园长的钱太少而被安排去管理鳄鱼。钱多很生气，于是就把该喂鳄鱼的肉偷偷送给那些未来可能成为自己丈母娘的人了。那群鳄鱼饥一顿饱一顿很不乐意，它们一不小心就找了个机会就把钱多的某位女友吃掉了。新闻一出来，紧接着园长宣布钱多为临时工，钱多只好滚蛋回家了。钱多丢了工作，没了钱各路女人也就不愿意搭理了。一天，失意万分的钱多喝醉了酒躺在一个路灯底下睡着了，迷梦中依稀看见银子如雪从天上飘落。早晨醒来果然发现自己的身边被撒了很多的钱，从那天起他就开始了他的乞讨事业。

　　大概是善于钻营，两年后他的收入就遥遥领先于其他大学同学了。穷人的愿望只是如何吃饱，而富人的愿望是把穷人的愿望收集起来为他们创造价值。钱多说大多数人都梦想着不劳而获，这是不争的事实。于是他用他的理念创办了一家乞讨公司。每年从乡下组织留守儿童、老人进城乞讨，四六分成。他为他们提供住所、饮食，给他们划分乞讨区域、提供保护以及提供关于乞讨技能的培训。要说乞讨有什么不好的地方，就是你得蹲在又黑又暗的角落，把自己弄得可怜兮兮的，一入夏难免会有很多蚊子来攻击你。蚊子多，你又不能点蚊香或者到处拍打，这样会影响生意，人人发一瓶花露水吧又显得这个群体不够穷，钱多为此感到非常烦恼。但尽管如此钱多的公司还是越办越大，至少，他发展了很多线人。以至于到最后如果你想在本市获得乞讨资格，就得加入他们的组织。你不想加入他的组织也可以，但必须交保护费。你不想交保护费，好吧你只能同我和老潘一样在这里喂蚊子。除了乞讨，钱多还发展了其他很多副业。比如你想找一个人，你不想看见一个人。

尽管我和老潘对钱多非常不服气，但我们也没有什么办法。有一次，老潘得了肠胃炎需要做手术但是缺钱，他想自己毕竟是乞讨业的老前辈，于是去找钱多帮忙。

钱多就跟老潘说："听说说你对蚊子很有一套是吗？"

"嗯。"

"你能分别哪种蚊子是绝育蚊子吗？"

"……大概……可以。"

"我这有一套关于如何培育绝育蚊子的书。你要是能培育出能让蚊子绝育的病毒，让我们市里的蚊子都死光，我就给你钱。"

老潘回来跟我讲："操，他羞辱我！"

诗

　　海泉养了一盆小花，他每天都给它浇水，虽然它是塑料做的。
　　他告诉阿冕，有了花我就可以每天和水泥打架。阿冕是海泉的舍友，他们一起住在工地上临时用塑料板搭建的员工宿舍里。他们的宿舍对面就是建筑工地，中间隔着一大片黄土，风一吹就睁不开眼。每天早晨起来海泉都蹲在他的塑料花旁边刷牙,他说那是在给花儿施肥。等他的花长得壮壮的,就可以抵抗雾霾了。

海泉有三个女儿和一个儿子,养不过来便送了一个女儿给他的小舅子。他每年都到大城市的工地上给别人盖房子,一年的收入大概有七万块钱,但还是不够花。每一次海泉的老婆问他要钱的时候,他都会说:"我不管你了!你想干嘛就干嘛去!"往往说完这句话以后,海泉就要出门给他的老婆和孩子挣钱去了。

海泉是个老实人,大家都是这样说的。他没什么毛病,就是有点小偷小摸的习惯,有时候到别的宿舍里串门子会顺便摸走一包烟啊、一袋泡面什么的。甚至到急着用钱的时候,他还会到旁边的小学,问学生们要点钱。他有个规矩,每次只要六块钱,这六块钱是一份盒饭的钱。如果对方给多了又找不开,他下次见到还会把剩下的钱还给人家。

因为这一点阿冕有点看不起海泉,他觉得一个人就算再穷也不能欺负比自己弱小的人。可海泉不以为然,他认为老天对他不公,这是他应得的。除此之外,阿冕还觉得海泉是个很神秘的人,有时候还会拿个小本子像模像样地写一点东西。他问海泉,你写的什么?海泉白了他一眼回答道:"诗!"

阿冕不知道什么是诗,于是不由得对他多出一点敬意。他想这大概就是我不懂的文化人吧!平日里阿冕和海泉相处得还是很融洽的,海泉虽然有时会耍点倔脾气,但对阿冕还是很照顾。时不时会送他几件衣服,请他吃点小零食什么的。阿冕也想找个机会请他吃一顿饭。

但是好日子没过多久,海泉就被阿冕举报抓进局子里去了。海泉的被抓可以说是起源于一首歌。一次收工回来,他心情很好就哼着不着调的曲子往宿舍里赶,上楼梯时迎面下来一个人。那人兴许是喝醉了,冲着他说:"唱啥唱啊!这么难听!"海泉像一个瞬间被点燃的火药桶,爆炸了!他拎着手里的安全帽,就想向他砸过去,把他打趴下。但看对方的衣着和自己一样破烂,也不像是把日子过得多好的人。要是把他打伤了,还要掏医疗费,不划算。可这样放过他,自己又不甘心,于是他攥紧了拳头,暗暗记下了这个人的模样。很快他就想到了一个法子治治这个人。

他在一个夜黑风高、伸手不见五指的夜晚,潜入对方的宿舍偷走了对方的一只鞋子。他把这只鞋子拿到手之后,像得到了一件巨大的宝贝。他想象着那个人第二天一起来,找不到自己的鞋去工地,急得团团转的模样不禁暗自高兴起来。后来每当他晚上睡不着的时候,他就从床底下摸出这只鞋子,仔细地看一看。仿佛它是一艘载满金银珠宝的船,载着他浩浩荡荡地向远方出发了。

有了第一次,接下来的一切就都顺理成章了。海泉把所有得罪过他的人都记下了,趁人家不注意就偷拿他的东西。他的床底下逐渐堆满了咸鱼、衬衫、辣条、眼镜等各式各样的小东西。当他心情好的时候,他还会把他偷来的东西拿出来晒晒太阳。他想这些东西只是别人寄放在我这儿的,不能委屈了它们。于是没事时就刷刷他从某个人那里偷来的鞋,将得罪过他的人的衬衫洗干净寄到养老院去,把从超市里拿的咸鱼干、腊肉分给大家吃。他身边总有人在丢东西,但又不是大件,谁也没有怀疑过是他干的。

直到有一天,阿冕实在忍不住想看看,海泉每天那么神秘到底写了什么诗,于是就偷偷地翻出了他的笔记本。这一翻,可算是惊天动地了。原来当海泉第一次得逞之后,他的心里还有些过意不去,为了消解心中的痛苦他决定读书。有一天他在路边的小摊看到一本小书叫《诗》,他不会写诗但他想当一个有文化的人,于是就买回去研究了一段时间。通过阅读,他发现诗里常有一些空格和节奏,并且书上面还说:"事实的诗意。"这句话让他很受启发,于是他根据自己的经历在本子的第一行上写道:"一只鞋　嘲笑"。后来他又去超市,售货员嫌他的手不干净,白了他一眼,他的心里非常难受,以至于夜不能寐,

第二天只好又返回超市偷了一袋白糖。只见第二行写道:"白糖 白眼。"在那之后,一发不可收拾了,陆续又添上了:

"袜子　欠钱不还

咸鱼干　吐口水

衬衫　骂脏话

香肠　白眼

充电器　吹牛皮

……"

阿亮和黑仔的生活

我们那边的镇子上经常会有人叫阿柴、阿俊、阿亮这样的名字，这些人通常是开小商店、小旅馆或者是小饭馆的。为了省事，他们小店铺一般就叫阿柴商店、阿俊饭馆之类的名字，阿亮是他们中为数不多读过高中的，为了显示肚子里的那点墨水，他的店名就叫阿亮靓汤。阿亮不仅卖汤，还兜售一些稀奇古怪的药。这些药都是他父亲留下的，分装在各种瓶瓶罐罐里，压在一个印着"祖传秘方"字样的塑料箱子里,放在他的斗篷货车最显眼的位置。有一次我问他有没有卖治疗头发痛的药(我虚构的病),他说有,然后给了我一瓶不知道是什么、黑乎乎的东西。后来经多方研究,发现那是瓶泥巴。

阿亮没有固定店面,哪里逢集就赶哪里,卖够了生活费就收摊。他常年骑着一辆带斗篷的三轮货车,车斗里放着他做生意用的桌子、椅子和一面"阿亮靓汤"的塑料牌子,到处跑。阿亮的儿子叫黑仔,已经是个大小伙子了。黑仔不喜欢住校,便不读书了,跟着阿亮跑过一段时间生意,冬天嫌太冷夏天嫌太热,最后作罢了。后来去电脑学校学修电脑,基础太差学不会,也作罢。流行骷髅头项链时,他就戴骷髅头。流行穿工装裤时,他就买工装裤。阿亮对黑仔产生过不解,但又懒得去管他。他看着黑仔的头发像变换的风一样,黑一阵子、黄一阵子、紫一阵子又蓝一阵子,有点无奈但又发自内心地觉得儿子很可爱。

黑仔现在一个人独自在外打工,在市区的一家商场里当保安。每次阿亮来到他儿子住的地方就会对他大肆批评:"你这个衣服怎么叠的?球鞋弄脏了要及时刷!杂志书也是书别到处乱丢!"然而当阿亮回到家中,他就会这样对他的邻居说:"我的儿子现在真的长大了,现在一个人独居在外也完全没有问题。

房间里到处是书，每天都在认真学习。"

阿亮总是因为喝了太多的酒而闹笑话，有一次他又喝得大醉躺在家里睡觉，有人给他打电话叫他去打牌。阿亮的电话可不是普通的电话，他的电话是经过自己手工改造的，那是一种响起来就像十台拖拉机从你身边跑过的那种震天响的手机。上一次他在阿花家吃饭有人给他打电话，他的手机铃声"噔噔噔……"叫了起来，大家都以为地震了。

可就是这样也常常叫不醒他，但可以叫醒他的儿子。黑仔一听见他爸爸的电话铃响，就起来捏着他的鼻子，不出几秒钟他就醒了。有一次他的儿子碰巧在家，听到爸爸房间里的电话响了，可又没有人接，便气冲冲地跑到他爸爸的房间里打算把他弄醒。他推开门发现父亲已经醒了，半眯着眼躺在床上拿着电话嘴里叨叨叨讲个不停。但手机铃声依旧在响，怎么回事儿呢？黑仔走进一看才发现父亲手里拿的是电视机遥控器，他正晕晕乎乎地对着它讲："喂！你是谁？别跟我瞎闹！问你半天了你咋还不讲话？"

如上文所述，他们是天底下最普通不过的一对父子。阿亮和黑仔不关心外界，外界也不关心他们，生活在这个偏远的小镇子上，他们是自己手掌心里的孩子。但再普通的人，他们的生活都是新鲜并辛辣的。比如说前一阵子村里突然要修建水泥厂。厂址就选在距离阿亮家不到一百米的地方，那里整天轰隆隆响，排出大量的污染物。弄得他们不得安生，阿亮被迫起头抗议要求他们停工，就有人打电话来威胁他要害他的儿子，但阿亮并不在意对方的这番话。他在这儿生活了半辈子了，鸡鸣狗盗之事没少见过，他怎么可能这么轻易就会被吓到。他知道在这个镇子上，再穷的人家也没有谁饿着肚子，再大的深仇谁也不会要了谁的命根子。

可水泥厂毕竟是外来的厂子，里面的工人也皆是靠着卖力气生活的苦命人儿，停工就等于没有钱拿，没有钱拿就会有人手痒，他们手痒了就会沿着公路要一些钱花。阿亮动员村民抗议水泥厂污染环境的事儿闹得很大。工人停工了好长一段时间，闲着太无聊就打算整一整这个挑事儿的头。其中有三个好事的工人，给阿亮打了威胁电话，但见他不怕便觉得没趣，于是从村外租了一辆面包车，打算趁着黑仔放月假回家的时候把他掳走，要几个钱花花，也好捉弄阿亮一番。

谁知黑仔从市里坐车回家时，因为闹肚子提前下了车。这几个人开着车在车站边候着左转右转等不着人。而黑仔下了车方便好以后，重新走上马路牙子，准备等下一辆班车时，也出了一点事儿。为了避人耳目，黑仔故意挑了一片大林子进去方便。谁知那片林子的主人当时正在林子里砍柴，见有人进了他的林子方便，也不和他打一声招呼便来气了。正好手上又正提着一把刀，那就去问他要点钱花花吧！

等黑仔提上了裤子，他就拎着刀走上前去说："把钱包拿过来。"

黑仔愣了一会儿神，感到莫名其妙，但见着他手上的刀又不敢生事便说："你要多少？"

"有多少给多少。"

"那不行，你把我的钱都拿走了，我怎么坐车？"

"那你有多少钱？"

"我干嘛要告诉你我有多少钱，你欺负妇女儿童也就算了，我一个老爷们你也敢要？"

"大热天的，我辛苦半天，啥都没逮着，你总不能叫我空手回家。给我两百，我放了你。"

"两百块？你太坑了吧，盗也有盗义。"

"那你给我多少？"

"最多五十。"

"五十也太少了，一顿酒钱都不够。"

"五十块钱，也是我辛苦挣的唉！你啥都不干，就拿把破刀要钱，你要不要脸？"

……

两个人斗来斗去,在差点以八十块钱成交的时候,黑仔骂了那人一句:"你老不死的。"那人一生气便给了他一刀,在他胳膊上划了一个不深但很长的口子,又问他要了比原来多两倍的钱才走。临走时老盗嘱咐黑仔,年轻人少吵吵嘴,然后就跑了。黑仔毕竟还小,他越想这个事儿越委屈,再加上流了血,便站在马路边上哭了起来。

这时,那几个好事的工人,在镇上的公交站边兜了一大圈找不着人,一个个像弄丢了玩具的小孩,哭丧着脸正打算取消计划往回走,路上遇见了黑仔。他们一高兴,也不管三七二十一,先把黑仔拽上了车。等黑仔上了车,便按照事先准备好的给他头上套上袋子。一个人按着他的身子,一个人绑住他的胳膊,边绑边跟他说:"你给你爸打电话,说你被绑架了,叫他送点钱来!"黑仔刚经历完一波事儿,这又听到要绑架他,便抽泣起来。见他哭了,坐在他旁边的人不由得感到一丝紧张,然后他顺着黑仔的胳膊往上绑的时候,摸到了他受伤的手臂,他隐约觉得有什么东西黏糊糊地粘在他手上,想着想着便举起双手,定睛一看"啊"地一声叫了起来说:"流血啦!流血啦!快去医院!"听他这么一喊,其中一个人感到不解便问道:"哪儿流血了?"那个人便说:"黑仔流血受伤了,快去医院。"

听到这儿,那两个人也慌张了起来,连忙拐回头去朝医院里赶。到了医院又连忙给黑仔挂号、找大夫、包扎。忙活了半天才想起来,他们原本是计划绑架他的。他们几个低着头像霜打的茄子一样,坐在医院的病床上陪着黑仔。黑仔也低着头,不知道在想什么,半晌才问:"你们原来不是计划绑架我的吗?"他们的老大讪笑着说:"没呀!跟你闹着玩呢。"黑仔又说:"真是闹着玩?"那人拧着眉头面露难色:"你以为呢?"

侯
默
的
花
儿

今天我想讲一个故事。

故事里的人我不知道他叫不叫侯默。

反正我叫他侯默。

侯默常常说自己是个研究女人的专家，研究来研究去。研究到最后他结婚的时候对象竟然是一丛美丽又沉默的花。侯默说你最好不要太懂一个女人，否则你就会对她失去兴趣。而相反的是女人最好要非常懂那个男人，否则就不能和他在一起。侯默还说我干女性教育事业已经长达三十七年了，我是个专家。但实际上他只有三十六岁，这种结果还是我把他在他妈肚子里那一年也给算上了。每一个捣蛋鬼今后都有当教育家的潜质，这是侯默小时候把邻居家窗户打烂后他妈的辩词。小侯默信誓旦旦地对邻居说："现在批评我，你们今后小心点，小心我长大以后去教育你们的女儿。"果不其然，那个邻居家的小妹就成了他第一个女性教育史的学生——初恋情人。

据我所知，女人是这个世界上最危险的动物之一。

这是侯默的口头禅。

最开始的时候，侯默的战斗力很低。他不明白为什么女人老爱恭维自己的敌人，也不明白女人什么时候说不要是不要，什么时候说不要是要。他不知道哪些女人的心需要明抢，也不知道哪些女人的心需要暗偷。等后来他完全明白的时候，游戏就没法进行下去了。就像一个人当他年轻的时候不知道做什么，等他知道做什么的时候他已经老了。

上个星期，侯默和他家里的那一大片花结婚了。反正花也已经住在他们家了，那他为什么要结婚呢？因为侯默的父母说，如果他到了三十五岁还不结婚就不准他回家。侯默对自己这个做法感到非常满意。一开始他父母也是不同意的，但是后来侯默每次回家就带一大束玫瑰插在客厅里。那美得像天使一样的东西，带着馨香溢满了整个房间，让整个家都陷入一种粉红的幸福当中。时间一久，整个家庭都像着了迷似的崇拜着玫瑰花。再加上他的父母也长年累月地被婚姻束缚着，动不动来一顿男女混合双打，最后觉得这样也不是没个道理。

侯默有一些强迫症，比如每次上厕所总要去两次。去一次出来不到两分钟，他又要跑进去一次。这种习惯据说是被一个曾经交往过的女人给吓的，他被那个女人给吓坏了而那个女人是被一只小小的蟑螂吓坏了。

侯默曾经风光过好一段时间，桃花运连连不断。他说气质是女人最好的饰品，女人是男人最好的饰品。侯默就有很多饰品，奶茶店里的小红、服装街里的小白、夜店里的小黑……各式各样。别问我侯默为什么谈过那么多次恋爱，因为童话里总有不止一个公主。而后我又问他我为什么故事里公主和王子为什么没有幸福地在一起，他说因为我不是一个童话。

侯默最后一次谈恋爱已经是好几年前的事情了。那个女人是他大学到工作的过渡期谈的。经历了毕业分手，分手又复合。这一次的恋爱几乎是侯默恋爱史上最久的。那个女人漂亮又聪明，没理由不让一个男人着迷，但是侯默除外。侯默第一次跟她约会的时候，竟然故意迟到了半个小时。侯默说征服一个女人就像温水煮青蛙，你一开始就不能对她太好。不温不火的，才能弄到手。他保持着一种冷漠高傲的态度，结果被对方整到掉进水池里游了半个小时。侯默总结到，这也是一个情场高手啊！他轻敌了。那个女人精得像个兔子，总有办法知道你最害怕什么。她是善良美丽的天使，也是诡计多端的魔鬼。侯默跟兄弟打赌如果追到这个女孩，对方得资助两千块钱。女孩说咱俩六四分，然后就在一起了。他们两人最初是打算坚持两星期的，没想到两个人撕扯了两年。

　　这个叫香香的女人也真是神奇，竟然在两年之内让侯默把今后跟女人相处的六十年精力花光了。侯默说他在这个女人的身上看到了他的初恋、知己、仇人、忘年恋，以及老伴。比如说吧，这个女人高兴的时候，会把牛奶叫成牛牛、土豆叫成豆豆、花生叫成花花、然后会把侯默叫成老狗。这个女人不高兴的时候，会收拾收拾冰箱、衣柜，然后把从它们身上找到的任何毛病全扣在侯默头上。假如这个女人在高兴与不高兴之间，你最好弄点动静出来，不然她会觉得你不爱她。这个女人不好吗？不是。她在外人面前总是给足了侯默面子，待人接物挑不出毛病。做的一手好菜，能把侯默的家从垃圾场变成星级酒店。说起情话来温柔得像只小猫，不动心都不行。虽然打起架来像个拳击手。

侯默非常厌恶陪女生逛街,但是每次还都是被揪着耳朵去了。香香相同的衣服可能会有好几款颜色,明明穿起来没什么差别。她还是会不厌其烦地去试:"我穿这个好不好看?红色会不会比黄色显得白一点?你说我别个腰带会不会觉得多余?我搭配什么鞋子好看?又背那个包包吗……涂哪一款口红比较好?粉红还是橘红?"侯默觉得香香的问题像催眠药。香香每一天会给侯默换七八个名字,侯默因此被训练得很机灵。他必须立马反应过来,什么时候他又变成了什么。不然回家的时候,他就得跪方便面了。付钱的时候,侯默是钱包。下雨的时候,侯默是雨伞。早晨起来的时候,香香会叫他豆浆机。从中午到晚上侯默由一个豆浆机先后变成了电饭煲、吹风机、沙发和风扇。同香香在一起很大的好处就是什么东西她都能帮你弄得香香的,衣服洗了之后要用柔顺剂帮你整理、能把鸡蛋煎成太阳形状、青菜能炒出红烧肉味。如果下班很累,她也会帮你按摩捶背。说香香像个小女孩,但是某些地方又成熟得可怕。香香也是个女强人,算钱算得比谁都精明。炒股票、纸黄金、搞投资丝毫不亚于一个专业人士。她能记住每一款卷纸在各大超市的差价、每一根薯条的热量,还有侯默看了几眼从他身边经过的女人。

他俩吵架像全自动洗衣机一样,搅和来搅和去。

"侯默你是个猪啊!你的心眼这么大,掰开给我看看里面到底装的啥？你是不是个男人？"

"我怎么不是个男人？"

"你就不是个男人。你要是个男人，你就不应该这样对我。"

"我怎么对你啦？你敢说一句我对你不好？这么多漂亮妹子，我就找你了。你还说我对你不好？"

"哼！你的意思是我赖着你啦！天大地大的，谁离开谁不行。这么多男的，我怎么找了你这个垃圾收购站的。"

"我怎么了，怎么了？我又怎么惹了你了。"

"你就是惹了我了。你以为你是太平洋啊？动不动就刮台风。我不是告诉你以后不要这样了，你还偏偏这样。"

"你能不能不要胡闹了？"

"谁胡闹了？你说谁胡闹了？说！你说！"

"你！就是你。"

"我妈把我生出来就是受你气的呀？"

……………………（此处省略号为女人翻旧账时间）

香香一翻旧账，就要哭。香香一哭，侯默就没辙了。他想，惹恼了香香他就只能盯着手机屏幕上的女人意淫了。他的球鞋也只能在下雨的时候拿出去，没人洗了。所以只能耷拉着头，明明脑子都快炸了偏还是只能说："好啦好啦，不要哭啦。都是我的错。怪我,是我不好……来抱抱,不哭了。"

"谁让你抱了,自己一个人睡厕所去吧。"侯默又安慰了一会儿,香香把哭出的眼泪全抹在他衣服上。

"别抹我身上了,弄脏了你还得洗。"

"什么我洗?凭什么我天天都要给你洗衣服。你就不能自己洗几次?"

"那我还天天给你榨豆浆呢?"

"这么说你是不乐意咯。那咱们分开过算了。没你我也能榨豆浆。"

"你可不可以别动不动就说要分开了,烦不烦?"

"你嫌我烦……你居然敢嫌我烦。好啊,那你去找不烦的女人好了。你去找啊,你怎么不去找……滚,赶紧给我滚……"香香开始拿东西砸侯默了,一开始是枕头、衣服后来杯子、碗,什么响什么贵摔什么。

"你别摔了好不好?摔坏了要不要买新的?大半夜的吵到别人了怎么办?"

"哦,你现在觉得我吵了?你也会问我为什么了?平时我精打细算家里每一分钱的时候,你怎么不知道出出力气?光等着我算好了,你去买。叫你不要抽烟,你偏要抽。抽烟有什么好的?我劝着你对身体好,你怎么就搞得我在害你样。你平时出去倒是挺风光,哪一件衬衫不是我帮你洗的?"

"我没说你不好啊?你很好啊。"

"你这个意思就是嫌我不好!"

"没有……"

"有!你有什么资格来嫌我这个那个,你自己做的好不好你不知道?"

"不知道。"

"蠢死了你,人家过情人节都是怎么过的。你看看你,送我一个表就完事了。咱俩还没结婚你就跟我这样,嫁给你还不知道要怎样呢。"

"哎,你以后可不可以不要那么胡闹。你有时候真是让人受不了,你明明知道自己在胡闹还胡闹?"

"因为我是女人啊。"

女人发明了一句特别牛的话,适用于所有分手、吵架的结尾:"你不爱我了!你就是不爱我了!"还有一句特牛的话适用于她对自己犯的错误:"因为我是女人啊!"这一句话则适用于她所有的解释。而男人常说的那句:"不要想太多。"这句话适用于所有的感情和……未解之谜。

侯默最终还是跟他最有可能结婚的女人分手了,他娶了一大片的玫瑰花。如同他从前自以为是的分了一次又一次手,找了一个比一个漂亮的女人一样。所有的女人都是个谜语，可怕之处在于答案是随心所欲的。你最好不要去猜测，侯默常常用这种理论来解释为什么女生的衣服总是需要那么多款式。而他，春天穿牛仔裤。夏天穿牛仔裤。冬天穿牛仔裤。心情好穿牛仔裤。心情差穿牛仔裤。分手之后，还是穿牛仔裤。这就叫以不变应万变。爱情总是在不断兜圈子，他种的那些花也是，一年一年，周而复始。

侯默说他现在跟那一群花过得很好，早晨起来想亲哪一朵就亲哪一朵。只有他可以给她们脸色看，而她们只能贡献出来好看的颜色。他不高兴的时候想掐哪一朵就掐哪一朵，好不快活。下了班给花浇浇水也感觉十分的惬意。唯一的不好就是他们家的洗衣机不能放鞋子进去搅。侯默期待着有一天，有人能推出一款实惠耐用的刷鞋机出来。

侯默说："说实话有时我觉得我们必须要胡闹，才使得我们的人生有了一点正确性。"

侯默还说：

"如果你没有玫瑰花，

我也没有玫瑰花，

那么我们就共有一朵

其实并不存在的玫瑰花。"

关于『呼哧呼哧』的传说

　　从前有一个叫"呼哧呼哧"的民族。

　　这是一个生活在极北之地的民族,在那片广袤的土地上处处是雪、冰原和生长着古老植物的森林。寒冷像血脉一样,覆盖了他们视野中的一切。几个世纪以来,他们一直过着打猎的生活。这个民族没有自己的政府或者任何委员会,只有一个松散的民间组织,是因为需要在这片土地上四处买卖动物皮毛维持生计而在大伙之间活动。

他们的孩子不读书也不上学,从出生下来就学习捕猎和打鱼,因寒冷、安静、富足而沉默寡言。这个民族也没有自己的军队,对国际上的任何赛事都不太感兴趣。因为擅长冰上的运动,曾有人建议过他们去参加奥运会,拿一个国际上的奖。但他们不屑于此,也不愿意把钱花在个别运动员身上。

后来不知怎么了,也许因为世界的另一端发展得太快,他们中有人在镇子上建立了第一家银行。这个银行主要是用来在夏季到来时,帮助大家储存鱼干和咸肉。后来有一个外来旅行路过这儿的人,吃到了这里的咸肉,赞不绝口,花了重金买下了这个银行,将这里的肉销往世界各地。赚了一笔钱后,他在这儿买下土地和宅子,住了下来。但不久以后他就对这里的陈旧和漫长严寒的冬季厌倦不已。这个耐不住寂寞的好事者就开始折腾起来了。因为热爱篮球,他组建了一个篮球队,并宣布由这个球队负责这个国家的环保、安全以及饮食问题。可是由于几个世纪以来,这个国家的人民都没有什么事情要做。突然间出现了一个人替他们操心,也并不在意。寒冷令他们依旧保持着旧习,每隔一段时间打一次猎,打完猎围着火炉,吃饭、唱呼哧呼哧之歌,然后就睡觉了。

商人无奈地发现,无论他怎么吹鼓、动员,大家对这个篮球队都不上心。这使他想起,这个民族中流传的某种叫"呼哧"的东西。于是他开了一场关于"呼哧"的研讨会,甚至他还想为"呼哧"申请世界遗产。可是生活在这儿的人,谁也说不清呼哧呼哧到底是个什么。甚至包括那些会做呼哧之鱼的老年人。有人说"呼哧"是种秘术,唱"呼哧之歌"会使人积福,吃"呼哧之鱼"会使人长寿,信仰"呼哧"死后会升入天堂。"呼哧"就像是密语,每个人早晨起来相互打招呼的时候都会说:"呼哧呼哧。"但谁也无法说清楚,呼哧呼哧到底是什么?

因为搞不清楚"呼哧呼哧"是什么而苦恼的商人,痛苦地思考了自己从过去到现在的人生。一段时间以后,他发现其实他也不必明白"呼哧呼哧"到底是什么。因为这并不影响他开发这个地方。于是他从外面请来很多研究委员会进入他这个极北之地的腹地监察。那些研究人员在这个冰原上四处打孔、挖掘,为了牟利而挖掘走了冰原地下隐藏的矿藏。从那时起开始,冰原的天空就开始出现像破碎的冰面一样的裂纹。

后来,人们发现天气越来越热,水土丰美,冰原上长起来了以前从没有过的花。人们很高兴,以为赶上了天赐的神恩,便尊这个商人为开元将军,冠之以崇高的名誉和地位。获得名誉之后商人愈发意气风发,在冰原上买了一块长达数千公里的浮冰,并按照人类成事之后对天堂一贯的想象力建造了一个

"呼哧之城"。这个城市建造得华美无比,白盐铺地、黄金抹墙、取千年古树建房。商人因为思念家乡温暖甘阳的缘故,在这个城市上空私造了一个天空。这块人造的天空,无论什么时候看上去都蔚蓝无比,就像一个巨大的保护膜一样,把这座城市包围起来,将寒冷与饥饿排除在外。美中不足的是,这块天空,每隔一段时间就需要进行一次清洗,排出大量污染物。但这座城堡繁华无比,就像一个绝世美人一样,让人们一进入这座城,就会忘乎所以。因为城堡奢靡无比,为了维护它的运作,商人在这个城堡建成之日就不得不耗费一切心力,挖掘冰原上其他的财富以维护它的运作。

随着时间的推移,人们渐渐发现冰原生态恶化了,原有的冰层一点点融化了,病菌滋生,以前从来没有的疾病开始在冰原上蔓延。在呼哧呼哧这个民族里享有盛名的老者,开始公开讨伐商人,因为商人对冰原的过度开发,破坏了他们的家园。这些老者围着一棵巨大的木头桩祈祷,并声称看到了天昭。天昭上说要众人齐心协力把商人赶走。他们组织武力切断了商人在当地的人脉、物力,但是商人在此地势力已经根深蒂固,四处都是他的庄园和地产。他们没办法摧毁他的一切,便将他赶出他的庄园和地产,然后自己住了进去。

奇怪的是,自从他们占领了那个商人的巨大城堡以后,就再也没有人记得"呼哧呼哧"了。城堡里温暖无比，人们有了充足享乐的空间，时间一久便渐渐改变了原有的生活方式，不再需要打猎、捕鱼，就这样一直生活到了现在。呼哧呼哧，就像冰原上裂开的无数的细缝，掉进了这个世界最隐秘的黑洞。在夜深人静之时，人们总能听到那从远古时代呼啸而来呼哧呼哧的风声，那风声摇晃着他们的桌子、厨具、墙壁、瓦块发出呼哧呼哧的声响。他们也渐渐变得健忘、多疑，总在日常做事、走动，不经意的一些瞬间发觉有什么事情被自己给遗忘了。但那被遗忘的是什么？

没有人知道。

来布与莫西

来布是一个热爱生活的人。

他最喜欢干的一件事情就是编造故事。

这对于平淡的小镇生活而言,无可厚非。他只不过是喜欢添油加醋,在一些寡味无奇的事情上添一抹神奇的色彩。这样的人在小镇无处不在,特别是在夏季的夜晚来临的时候。你沿着这条小镇中心唯一的商业街走一遭,就会发现像他这样整天做梦的人大有人在。夏季干燥,街面上容易浮灰,四处飘着塑料袋和垃圾。但这些灰尘并不引人注意,一入夏小镇的街上便摆满了卤菜、串串、烧烤、煎饼、水饺……卖各种小吃的小摊。人们穿行其中,享受着廉价的食品。

他们踩着拖鞋,穿着随意,叉开大腿,坐在路边的小酒馆、烧烤摊上互相吹捧,脚下摆着一排排的啤酒瓶。想加入他们并不难,只要你认识其中之一,他就会把你招呼进去,直到把你喝得东倒西歪。来布也喜欢这类活动,傍晚下了班在路边吹吹牛皮、喝喝酒,等吃的差不多了拍拍肚皮回家睡觉。但问题是他从事着一个本该非常严肃的职业——医生。人们在喝酒的时候总是忍不住要拿他打趣,问他一些奇奇怪怪的问题。他刚搬到这里的前几年还是很乐意回答的,那时候的他一本正经并且受人尊敬。他常常把自己的办公室打扫得一尘不染,你一进门就可以看到他的身后贴了一张大大的告示,上面写着——本医院严禁吸烟。而他就经常坐在那个告示底下边抽烟,边给患者看病,边唠家常。

来布工作的医院在小镇的商业街中心,它的对面是一家学校,经常有孩子不愿意上课假装生病来医院"度假"。这个医院虽小,但是设备齐全,它由四面围起来的三层楼组成。外面是门诊,两边是手术室、中医部,最里面是住院部,中间留出来的空地看上去像层院子，其实是一个大车库。来布在这儿当了几十年医生，医术高明，连市长也找他瞧过病。但他总觉得生活太无趣，需要一些刺激。为此，他常常吓唬自己的病人，让他们觉得自己得了不治之症。来布的老婆是他的单位同事，一个清闲无比的消化内科医生。小镇的人口很少，加上消化内科本就工作不多，她常常一个礼拜也见不到几个病人。他俩的办公室只有一墙之隔，这非常方便她要求她的老公帮她代班，让她在闲适的午后出去打麻将。来布一开始很反对，后来也渐渐爱上了这份工作，因为这样他就可以冒充她去给病人瞧病。

来布替他老婆医治过的最著名的病人是一个神经质的女作家。这个女作家虽过得狼狈不堪，但多年以来一直一丝不苟地履行着她作为一个作家的职责：谴责人们的行为。这个小镇十分偏远，没有独立的报纸或者任何的新闻传播系统，即使是在网络时代，人们仍然遵守着古老的信仰，认为懂得文学的人尊贵无比，哪怕这个女作家几乎是戏精一般的存在。女作家的名字叫刘兰芳，但是大家都喜欢叫她莫西。因为她每次给别人打电话都学日本人讲话，开口就说："莫西莫西！"刘兰芳也不喜欢自己的名字，她喜欢人们叫她莫西，这显得自己与众不同。

莫西住在一个大院子里，她的父亲是一个护林人。莫西年轻的时候长得很漂亮，二十岁的时候她本可以嫁给一个她喜欢的木工，但那时她的父亲希望她嫁给家具厂的厂长。二十五岁的时候她希望嫁给一个外省的图书编辑，但她的父亲不希望她嫁得太远自己老无所依。三十岁的时候她又爱上了大她十岁的泥瓦匠，她的父亲希望未来女婿至少是个拥有稳定工作的乡村公务员。三十五岁那年她想把自己嫁给一个不识字的杀猪匠，父亲气得差点咽气。随着年龄越来越大，她的性格也越来越古怪，大家对这个能在报纸上发表文字的人尊敬并且敬而远之，所以一直到现在，莫西也没能把自己嫁出去。

莫西来到医院起初只是因为有点头晕，但自从来到医院这个地方，再加上来布医生对于漫长而无聊人生的随意性发挥，差一点患上精神类的疾病企图自杀。事情是这样的，在一个漫长又炎热的夏夜过后，莫西从床上起来，发现自己家养的兔子被一只不知道从哪里来的野狗咬死了。那只野狗在兔子的脖子上留下了一个不大不小的血口，上面的血已经凝固了，像一个黑色的小纽扣缝在那只雪白的小兔子身上。她摸着它雪白的并且逐渐变得僵硬的身体感到了人生的一点点阴冷，换句话说就是她恶心得吃不下饭。没有吃饭的莫西，情绪低落地在床上躺了一天，直到傍晚时分才想起来要把这只兔子埋掉。她从她杂乱的屋子里翻出了一个鞋盒子，把兔子放在里面，打算带它到院子后面的小河让它顺水漂流。

但当莫西走到自己院子后面的时候，才想起来上个月相关部门已经把这条河里的水抽干了，他们打算把河填平修建一座新的公寓。她抱着鞋盒往回走的时候想到，自己的家将来也有可能被拆迁队给拆了，她和父亲将失去院子，住到一个鸟笼子一样的单元房里。想到这里，她就丢下兔子和鞋盒，急忙赶回去写一篇文章批判这个还没有成为现实的事情。等她又赶回来埋兔子的时候天已经黑了。她蹲在地上用小铲子挖了一个坑，把它埋了进去，像一个失去了心爱玩具的小女孩一样，在它的周围撒上漂亮的花瓣。起身的时候，莫西因为一天没吃饭而感到一阵眩晕，眼前一黑差点摔倒。

回到屋子里后，她打开灯坐在桌子前面开始想她为什么会头晕，接着她又感到胃里一阵绞痛。她并没有想到自己一天没有吃饭，她想到的是她那些死于各种疾病的亲人和朋友。在我们的生活里，总认识一些过世的亲友，有人死于癌症，有人死于交通事故，还有人加着加着班莫名其妙就猝死了。这令莫西有点恐慌，她反复地问自己："胃疼是不是某种疾病的前兆？"然后她又想到她因为失眠经常犯的头痛病，于是她决定第二天一早去医院检查一下。

这一天恰逢小镇的集市，天上飘着毛毛细雨，地上湿漉漉一片，从远处望上去小镇像一个巨大的毛玻璃缸，朦胧一片。

莫西把家里收拾妥当，离开的时候意味深长地看了一眼，然后重重地关上门朝医院出发了。她已经很久没有去过医院了，所以当她来到医院的时候被眼前的场景吓了一跳。八点刚过，医院已经被堵得水泄不通了。这样说并不是因为来看病的人很多，而是因为那些从遥远乡村过来参加小镇集市的人，为了避免自己的摩托车、电瓶三轮车被雨淋，纷纷都把车存在了医院的走廊、大厅里。一开始门口值班的门卫还像模像样地驱赶着前来避雨的人和车辆，但是问的人一多，他觉得再不让人进去反而是自己没有人情味。因此医院里不仅没有往日的宁静，简直热闹得就像一个菜市场，处处被踩的都是泥巴，走廊里四处停放着绑着布条的电瓶车、篮子里盛满蔬菜的自行车。

当莫西顺着那一排长长的脚印一直走到来布医生办公室门口的时候，她是慌乱的。她有一点迷信，因为她觉得下雨不是一个好兆头。当莫西进门的时候，来布正在和一名病人闲聊。来布的办公室布置得非常简单，一个供病人等候的长条椅、一台医疗机器、一个办公桌，桌子上放着一把芹菜。那是他医治好的病人，来参加集市顺便送给他的。除此之外没有多余东西，四面的墙壁因为年久逐渐泛黄。她坐在旁边的长条椅上边等候边琢磨着眼前的这位医生，心想："他的医术究竟行不行？"她心里充满了疑惑，不由得盯着他酱红色的脸仔细看了看。在莫西的眼睛里,来布的眼袋有点过大,眉骨太突出,嘴唇又太薄,再加上他头顶上带着一副自制的口腔镜,显得很滑稽。这不是一个好医生的长相,但是也不一定,她想。

除了莫西,来看病的还有另一位大概眼睛有点问题的病人。那个女人为了防止自己被熟人认出,把自己裹得严严实实的,她戴着墨镜、口罩、帽子,还围了一条只有过冬才围着的厚围巾。当轮到那个女人的时候,她差一点就哭了。她一边跟医生诉苦,一边用那种急切地像是威胁的口气对医生说:"你得赶紧给我治好啊!我这眼肿得都没法见人了,我一天工钱一百五,一家几口子都等着我挣钱吃饭呢!"来布安慰道:"急不得,急不得……"说着他从抽屉里,取出针管和药水,准备给她注射。

看到这时,莫西因害怕那些又尖又细的东西,便把头扭了过去,朝门外看了看以避免自己想到那些不太好的事情。天还在下雨,四处阴沉沉的,医院里的人还没有车多。消毒水的味道使她莫名地有点难受,为了转移注意力她不得不迫使自己盯着窗口上的一个小黑点发呆。也许是过于专注了,以至于当来布喊到她的名字时,她差点因为过度紧张而晕倒。

就像已被判定为得了重病似的,她面色苍白一颤一颤地走了过去,坐在来布办公桌对面的椅子上。抬了抬眼,极其小心地看了看来布。来布问她:"你哪儿不舒服?"

莫西转了一下眼珠极其认真地想了一想,然后把这几年出现过不舒服的地方都说了出来:"有时候晚上睡觉,腰有点痛。有时候,感觉胃里绞痛。有时候,猛地一站起来会头晕。有时候,会腿抖。又有时候,耳鸣、腹泻、眼肿。"

来布扶了一扶眼镜,低头沉思了一下,极其配合地说道:"你说的这些症状都是一起出现的吗?"

莫西说:"不是。"

来布问:"那你现在什么症状?"

莫西仔细想了一下然后问:"你是说现在吗?就是此刻吗?"

来布又气又好笑地说:"嗯。"

莫西说:"胃疼吧!"

来布抬了抬下巴,朝她示意了一下,让她伸出一只手来放到他的面前。莫西问:"您还懂中医?"来布说:"懂一点吧!"然后他把手放在她的手腕上,装作自己真的会听诊一样说:"你胃疼?什么时候开始的?"

莫西说:"从昨天晚上开始的。"

来布看着她发白的面色说:"从昨天到今天一直胃疼?"

莫西说:"也不是,睡着的时候不胃疼。"

来布问:"那你昨天吃了什么不该吃的吗?"

莫西说:"没有,我昨天什么也没吃。"

来布说:"那你是饿的。"

莫西拧了一下眉毛,本来想问那怎么能是饿的呢,但又止住了口转而说:"你能看出来,我有没有其他毛病吗?"

来布说:"我看不出来,我又不是华佗转世。"

莫西沉默了一会,她的脸看上去忧伤极了。来布看她那样敏感有趣,又想和她开个玩笑,便对她说:"你看你脸色苍白,以后可得小心点了!"莫西似乎就是在等这句话,这么多年她早就想找一个机会向这个世界发泄一下自己的委屈了。她听到以后似乎要哭了,嘴巴一张一合像一条鲶鱼一样吐出来一句话:"是啊!我是得小心点了。"

紧接着来布说:"看你这脸色,夜里都是几点睡觉?"

莫西说:"差不多两三点吧。"

来布说:"怪不得,我刚才看你的气脉这么弱。这个时间不睡觉是容易生大病的!"

莫西本就神经衰弱、心眼小,再加上无穷的想象力。听医生这一说吓掉了胆,立马凑上去刚想要进一步打听打听,只听来布深深叹了一口气说:"你平时酒喝的多吗?都吃什么?"莫西一听脸色就变了:"喝的也不知道多不多,主要吃肉。"来布愁眉苦脸地朝她叹了一口气说:"就知道你是这样的,平时多吃蔬菜、少吃肉知道吗?这么大的人了,自己也不会照顾自己。"莫西说:"那我还是做一下全身的体检吧!看看自己到底有没有什么病。"这时来布极具戏剧性地话锋一转:"你明个再来吧!再急也没有用,验血的医生今天休假。你有什么病,回家自个先想想。明天再来检查。"莫西低头停顿了一会儿,想说什么又闭上了嘴,叹了一口气说:"那好吧!我明天再来。"

莫西本以为今天一切都结束了,但还是要等到明天,这令她有点心慌。所以当她走出医院,做的第一件事情就是发朋友圈。她说了一些莫名其妙的话,告诉人们自己去医院了,现在情况很不妙,等着大家在底下一连串的评论和点赞。然后她跑去商场里买了一条自己心仪已久但却一直没舍得买的项链。她把这串凉凉的项链戴在脖子上,心想我应该早一点珍惜人生的。接着她回到家里,给自己做了一顿大餐。大概是因为吃得太饱,夜里她辗转反侧,难以入眠,痛思人生一直围绕着"万一"这两个字,发挥关于悲剧的想象。她想起她那条被陌生的狗一口咬死的兔子,想起她那个在路边被意外撞死的亲戚,想起她在医院里挣扎了半个月因不堪忍受折磨而自杀的祖母……诸如此类。然后她又想起这些年一直折磨着她的不存在的爱情以及长期的失眠和不吉利的各种病症。她很快就发现了一件事情,疼痛一直覆盖着人们，就好像一颗布满苔藓的石头，已经意识不到潮湿了。

终于在凌晨三点的时候，结合着各种恐怖的猜测，这位作家几乎断定自己患了重病，为了以防万一她还写下了遗言，分配好自己的家具、院子、猫、存折以及不远处的一块麦地。她以极为动情的语言写下了这份遗嘱，以至于连不认识她的人读了也要落泪。安排好这一切之后，从不信上帝的莫西也躺在床上向上帝祷告：如果能平安度过此劫，她将履行十年前的一个誓言。那时她曾许诺，如果能出一本书——就到观音庙里烧一百斤的香。

第二天莫西起了一大早，泡了个热水澡把自己从里到外都收拾得干干净净。她郑重地整理好自己的妆容，穿上自己最好看的一条裙子——一件镶着蕾丝边的藕荷色丝绸裙，配上昨天刚买的水晶项链。扑上粉饼、抹上火红的唇膏、涂上睫毛膏，还喷了半瓶香水，尽可能地让自己看起来年轻貌美。接着她开始打扫房间，以一种极其哀伤的心情把这些年一直陪伴着自己的家具抚摸了一遍，一一向它们告了别。

把一切收拾妥当之后，她以一种特别的仪式感把昨晚写的遗嘱放在了家里最显眼的位置——贴在了自己家门口。然后跑到理发店做了一个全新的发型，紧接着以火箭一样的速度赶在医院开门之前到达了那里。当莫西在医院的收费处交钱的时候，她家的门口已经聚集了一大群前来欣赏这位作家绝美遗嘱的人。最先发现这份遗嘱的人是一个快递小哥，当时他正骑着他的电瓶三轮挨家挨户地看门牌号送货，一不小心就发现了这个东西。他看到那张贴在门口的遗嘱以后感到莫名其妙以及左右为难，不得不拽住了周边散步的人问东问西。由于他热情的大嗓门，不一会儿，莫西的门口就聚集了一大群看戏的人。

当莫西几乎以一个表演家的身份，扮演着面临生死问题时最为优雅、淡定的贵妇时，已经有热心的观众帮她报了警。当她开始抽血的时候，警察已经来到了她的家。由于她在全身检查时关了机，没有人能打得通她的电话。警察不得不破门而入，进去之后又没有发现任何异常。正当他们急得团团转的时候，热心观众里有一个人指出早晨看到莫西好像往医院去了。这时一大群人又慌慌张张地往医院赶去，生怕错过了什么。当他们一窝蜂地涌入医院大厅的时候，发现那儿孤零零地坐着一位优雅的女士。她穿着极为讲究、华丽的丝绸裙子，面色凝重，一只手左右搓揉着自己的衣角，一只手拿着一张白色的纸条。那个女人正是莫西，她在经过了抽血、尿检、化验等一系列的检查，又度过了有生以来最漫长的等待之后，得到了一个来布医生的诊断单，只见上面写道："您有点低血糖。"

B

·

　　幸福是如此轻巧,

　　　像乌白菜上,

　　　薄薄的绒毛。

·

再这样混下去，你就会死！

  维维总是跟马丁说："再这样混下去，你就会死！"
  马丁每次听到她说这句话，都会暴跳如雷，然后随便找一个什么借口跟她打一架。即使马丁和她打架的时候总是赢得很艰难，他还是想着法子跟她过招。他喜欢听皮带和肉体磨合的声音，喜欢听她叫唤，又刺激又过瘾。维维每天所想的事情就是和马丁离婚，虽然在这件事情上她差不多已经想了十五年之久,并且还为他生下了两个男孩,可维维始终觉得马丁配不上她,从他们结婚后的第一天起她就这样想了。维维觉得自己就是白天鹅,而马丁只能勉勉强强充当一个青蛙的角色。

马丁是一个跑江湖的人,有一辆带斗的吉普车,平日里靠着四处拉货游转挣钱。最开始的时候他卖奇迹牌洗衣粉、保健杯、假金链子还有各种带引号的治病灵药等等。他宣称自己卖的洗衣粉可以清除任何衣服上的油污,实际上那都是一些质检不合格的尾货。他经常开着车远离家乡,去一些和外界不怎么流通的穷乡僻壤。那里多居住着一些留守儿童和老人,他带着音响和喇叭四处游说,把城市里早已不流行的工厂尾货以高价卖给他们。对于大一点的城镇,他也有自己的办法。他经常在老社区里,组织一些抽奖活动。提前搭好大棚,给每个参加活动的人发一些鸡蛋、碗或者手串什么的,让他们进入会场听课。给他们洗脑之后,再卖给他们一些药丸或者保健杯。无论卖什么,他都说这个可以防癌,销量就蹭蹭地往上涨。

干他们那行有个规矩,每个地方只去一次,不隔上十年八年绝不再去第二次。然而有一次他下错了高速、走错了路,来到几个月前刚去过的一个小镇,他在那儿卖过假金链子和无敌老鼠药,被人认出后暴打一顿,从此瞎了一只眼。因为他瞎了一只眼,维维就更加看不上他了,回到家处处怼他,说他是独眼龙。当初她之所以嫁给他,是因为他有钱,在县里有两间门面房,而且她受够了她家乡的阴雨天气和泥泞山路,但是当她从遥远的乡村嫁到这里以后很快便厌倦了,因为她想要变得更有钱。她每个月都想尽办法从马丁的钱包里掏出更多的钱,然后出入各种以前没有机会去的美容院、商场,她割了双眼皮、隆了鼻子、种了假睫毛。刚开始的时候马丁还很乐意给她钱的,因为他想到她还要照顾两个孩子,但后来发现情况并不是这样的,她把小儿子送去姑姑家养,大儿子送去住校,自己花光了所有的钱,还四处欠着债。马丁从此切断了她的财路,令她不得不以各种方式增加租客的房租。直到有一天把他们全赶出去,自己开了一家服装店。

奇怪的是她开店以后,人们经常可以看到她的店门开着,里面却没有人。她常常借口出去进货,一走就是半个月。后来有个男的经常开着名车送她回来,那一阵子她和马丁闹离婚闹得厉害。她诅咒他,摔烂他的酒瓶,然后他把她打了一顿,锁起来关在家里。她把床单撕成条,绑起来系在床腿上,像童话故事里的长发公主一样,顺着那条儿爬了下来,然后跟那个男人跑了。但是不久以后,也许是那个男人玩腻了或者是别的缘故,很快又不要她了。她又只能回到马丁身边。

人们都以为她回来以后会变得成熟,安稳且乐于亨受平凡的生活。但事实并非如此,她回来第一件事就是和邻居吵架。起因是,她不喜欢听邻居打麻将所发出的声音。她一大早晨起来穿着睡衣,脸还没有洗就站在楼下,往隔壁的楼上噼里啪啦骂:"让不让人休息啦!你看看满大街谁像你们家,打麻将打通宵!洗麻将的声音比公鸡打鸣还响。"楼上的人自知理亏,加上又刚躺下,一身倦意不愿搭理。维维见没有人搭理,便喋喋不休地翻起了旧账,从上个星期不知道有谁在她家门口泼了盆水,一直骂到十年前不知道是谁偷走了她的手机。楼上的一看彻底无法入睡了,便起来和她对骂。骂着骂着两个女人开始相互扔东西。维维向上扔烟头、砸笔,那女人便骂她狐狸精、骚货,把她家的乱七八糟的事儿一溜烟地往外吐。维维听了以后气急了,不知道从哪儿找了一支长竹竿,捣烂了邻居放在窗口的花盆。那女人见自己家的东西坏了,便嚷嚷着叫她在那儿等着,她要下去和她掐架。

维维在楼下等了半响,也没见她出来。便上楼刷牙洗脸,然后再搬着椅子到楼下边梳头边晒暖。谁知道楼上的女人并不是不下来,只是想准备得更充足一些,穿好衣服,吃得饱饱的,看准时机才下来。她从楼上下来,穿了一双软底走路无声的鞋,从维维后面猛地一推,把她推趴在地上。楼上女人快步往前走,打算骑在她身上,但维维力气很大,抓住她的腿往旁侧推,而后又猛地朝她脸上啐了一口。她打了一个趔趄,又往后退了半步,用手擦干净脸,伸手去抓维维的头发。维维这时已经站起来了,两个人用胳膊相互抵着对方,那女人没有维维的力气大,但是心眼多,常趁她不注意时掐她一下。维维猛地使力气一撞就把她撞倒在地上了。那女人见自己不占优势便赖在地上不起来,然后打电话把她老公叫了过来。那男人拿着棍子上去就把维维修理了一顿,一开始他只叫她认错。维维不认,她抱着他的腿朝他喊:"反正也不想活了!你要是有本事,你就把我朝死里打。"那男人果真就一直没停,直到打得她一身伤,瘫倒在地才放手。

围观的路人见那两口子走了,才围上去把她架起来。维维身上处处是伤,胳膊还破了一个口子,但她并不着急着去医院。当人们把她架起来的时候,她开口说的第一句话是:"快给我老公打电话!"然后才让人把她送去了医院。马丁听到她在电话那边虚弱地喊他,简直要气疯了。一路上他都骂骂咧咧,他打算等到了医院就跟她离婚。他想到她从前做的那些恶劣的事情,他就忍不住诅咒她,下地狱!他觉得自己真是太丢脸了。老婆不仅背着自己找男人,还跟他的邻居打架,让他在自己的家乡丢脸。他不知道自己走南闯北这么多年,究竟是为了什么。于是他又开始把这些错都归咎于维维,是因为她不好好在家给他看家，才导致他走南闯北这么些年都没攒到钱的。他越想越气，不由得念叨起前几次要离婚念叨的话："这个蠢女人！我再也不要跟她过了！这次谁要是再不离婚谁就是孬种！"

几经辗转，他终于把车开到了医院门口。在距离住院部大老远的时候，他就闻到了一股强烈的消毒水的味道。这股味道使他头疼、犯怵，他走进医院的大厅不一会儿又退了出来，返回医院门口给她买了一点水果，他想还是要对"前妻"好一点，免得别人说我不仁义。当他再一次站到医院门口的时候，那股消毒水味使他忍不住想起自己的眼睛受伤住院的时候，维维就是陪在他身边照顾他的，他记得她一边给他喂饭一边还像教训小学生一样教训他："早就叫你小心一点了！再这样混下去，你早晚会死！"想到这里他突然有一点心软了，上次我住院是她一直在照顾我，这一次我也至少要等她出了院再跟她离婚吧。

但当他推开门走进病房，看到她头破血流、浑身是伤躺在病床上时，他突然想到也许他可以借此勒索到一笔不菲的钱财。她身体上处处受到磨损的皮肤就像是黄金一样闪耀，渗着血的伤口好像是钱滚滚向他涌来。她折断的鼻骨像酸甜可口的草莓，她因疼痛而哀伤的眼神像忧郁的宝石，她被扯得七零八落的头发像麦地里金黄的麦秸，他突然觉得她是如此可爱。他又想起她种种的好来，他想到自己的母亲也曾这样心灰意冷、可怜兮兮地躺在床上。这时他突然意识到在这个世界上，也许只有这样的女人才是最适合他的。

快要下雨了

快要下雨了。

天灰蒙蒙，像一块又破又旧的船帆布。有风吹来，树叶沙沙作响。这声音令刘琦感到一阵清凉。他低下头，将嚼得发硬的口香糖吐在旁边的草丛里。然后扶正那个女人给他带的草帽。刘琦不喜欢下雨，也不喜欢打伞，他觉得男人出去做事还要提溜个伞，不利索。可那个女人总是管着他，每次只要他出门不带伞,她就要跳出来跟他理论。但他还是不喜欢打伞,女人只好给他买了大大的草帽,护着他的头。

那个女人叫魏娜,是他的老婆。这个草帽就是刚才他出门前,魏娜生硬地套在他头上的。想到魏娜,想到她白白的胸脯,他深深地叹了一口气。他总是拿她没有办法,所谓夫妻就是这样吗?他不知道,于是又只能抬抬头朝无尽的天空望了望。想一些他可能永远也想不通的问题,天是那样的遥远,就像一个陌生、漂亮的女人的裙子,是他掀不开的。

此时刘琦正站在小区门口等另一个女人,他穿着一件洗得发硬的白T恤衫,戴着一副黑框的眼镜,土黄色短裤,趿着一双塑料拖鞋。这个女人是他的表姑,一个出了名能说会道的女人。他请她来是有事情相求的。在这之前的一天晚上,他和他老婆特意又拎了一箱酒外加几条烟到他表姑家,求她替他说说情。

好日子是什么样的?他不知道,如果真的有,也恐怕是他未出世之前,躺在妈妈肚子里的日子。他一直踏踏实实地做事情,怎么会沦落到这种地步?他感到万分后悔,如果当时听表姑的话给对方十八万块钱就好了。想到这里他又有点埋怨他老婆,可他又对她万分怜爱。无论如何他都是爱她的,哪怕她喜欢骂他,喜欢乱花钱,哪怕她给他出的主意都是毒药,他也爱她。他感到她是一只被锁在公园里供人观赏、被食物乱丢乱砸的鸟,需要他这个饲养员的保护。没有她,他现在还有什么呢?

几年前,刘琦在外地当包工头时,从老家找了个四十多岁的女人干活。谁料这个女人在干活的时候从架子上摔了下来,弄得半身不遂。偏偏就那一次,他没给工人买保险。女人的家人找到他家叫他赔钱,商讨好了赔十八万。魏娜觉得这女人自己也有责任,再加上心疼钱,便说几句难听的话。双方就吵起来了,吵着吵着不知道是谁朝魏娜扔了一块西瓜皮碰巧砸中了她的胳膊。魏娜本就觉得委屈便哭了起来。魏娜一哭,刘琦就火了,刘琦一火,场面一乱,双方就打起来了,钱的事情便搁置一边了。

打谁也不能打我的老婆,刘琦因为噎着这一口气而不给钱。他不给钱,对方便要告他。为了防止被告后警察来查封他的财产,刘琦和他姐姐便商量着假装打了一场官司,把他的房产转移到他姐姐的名下了。结果她姐姐做生意失败,法院要收走他的房子。祸不单行,这个时候那个常年卧病在床的女人突然死了。对方撒火纸都快要撒到他家里了,他才了解,人家马上就要抱着必死的心来告他了。

事已至此,可为什么要这么悲伤呢?大概是还有什么期待吧！他有时候会想如果他从没有出生过就好了，如果他没有出生就不会当包工头，如果不当包工头就不会遇见这么难缠的事，如果不遇见这么难缠的事，就不会如此悲伤了。可如果真是那样，就没办法遇见魏娜了。

　　这个时候再找表姑商量还有用吗？钱肯定也不只是十八万这么少。他不能倾家荡产去安慰一个死人的家人，他的老婆也不能没有房子租住在外面。他站在小区门口扭过来扭过去，不知道如何是好。这时他看见一只蚂蚁就想把这只蚂蚁碾死，看见一棵漂亮的树就想拿钥匙在上面划几道印子，看见一辆崭新的自行车就想上去踹几脚。他意识到着急也没用，又只能站在那里，看从这儿路过的女人扭着的屁股或者就静静地站在那儿假装在掏耳屎。实在等得着急了，他就打开手机刷刷朋友圈，然后关掉。正当他盯着脚底下裂了一点缝的地板砖发呆时，表姑突然给他发来一条短信说："今天要下雨，天公不作美没法商量，不去了。"他皱了一下眉头："他妈的！横竖不过就是坐几年牢！"

　　接着他跑到路口，给还没起床的老婆买了二两水饺回家。一回家，他老婆就问："怎么这么快又回来了？"他没吭声，把水饺放进盘子里端到床头柜上，瘫倒在床上。魏娜掀开被子，起身去拿桌子上的水饺吃。他坐起来环抱住她的身体，把脸贴在她的背脊上，轻轻地摩挲着。魏娜捏起一个水饺放在嘴里，刘琦吻了吻她的脖颈。他认真地听着老婆把那一只水饺咕嘟一声咽下去的声音，感觉很舒服。他喜欢看着她享用他从这个狰狞的世界为她挣回来的东西。魏娜捏起第二只水饺，他认真地掉了一滴眼泪。眼泪打在魏娜背部粉色丝绸的睡衣上，留下深深的一个印记。魏娜回头看了他一眼问："怎么了？"他还是不作答："吃你的饺子。"魏娜转过身去又吃了一个，他继续沉迷于那滴眼泪所造成的漩涡里。他抱她抱得更紧了，用力抓起她的乳房，直到她喊疼。魏娜转过身去也抱着他，把他的头埋进她的胸部，轻轻地晃动着他身体。她又问他："今天的事怎么样了？"他仍不作答，只是轻轻地脱掉她睡裤，把手伸向她的下体说道："快要下雨了，快了……"

谈谈

谈谈不是要和你聊天的意思。

谈谈是一个人的名字。

他是我以前的邻居。谈谈个子不高,有一双亮亮的大眼睛。我很羡慕他,因为他妈妈让他读了四年的幼儿园。而我的妈妈只让我读了两年。我妈妈说读幼儿园没有什么用,那只是一个供小朋友玩的地方,所以她让我早早地上了小学学习加减法。

我能很清楚地记得,那天我、妈妈、谈谈、谈谈的妈妈并排坐在公园里的情形。谈谈妈问谈谈:"你想再读一年幼儿园还是读一年级?"谈谈说:"继续读幼儿园。"为此事,我还生了他的气。我已经读小学二年级了,可是他还在读幼儿园大班。真是不公平!

谈谈很聪明,他很小的时候就可以计算一百以内的加减法了。他还会骑自行车、用沙子制作小城堡。但是我妈妈说他妈妈是一个笨蛋,挑挑拣拣到三十多岁才嫁人,而且嫁的几乎是一个废人。因为当她怀上谈谈不久以后老公就被查出了病,她只能独自靠摆摊卖布挣钱。谈谈的爸爸以前是一个煤矿工人,他会把别的小孩字迹工整的作业贴在他家的窗户上,叫我们观摩学习。他们家的窗户漆着绿色,有点旧但是很好看。我们在窗户棱的木头上面画过金鱼和彩色的泡泡,不过后来全被谈谈爸用作业纸给遮住了。

那时我们一同住在一个四合院里,他们家只有一间卧室、一个厨房。谈谈和他爸爸妈妈住在一间房子里,中间用布帘子隔开。四合院的中间是个小花坛,里面种着向日葵、栀子花、茄子、辣椒还有草莓。一到季节,我和谈谈每天早晨起床第一件事情就是跑到小花坛那里看看有没有新长出来的草莓。四合院的后面是一片田野,每年小麦长到膝盖位置的时候,我们都会去那里放风筝。四合院的前面种着一长排的梧桐树,每天一放学我们就搬着小板凳,坐在四合院门口的梧桐树底下玩沙子。谈谈最喜欢用沙子堆城堡,或许他长大以后可以当一个建筑师。除了玩沙子,我们还喜欢荡秋千,我比谈谈大一岁,因此他什么话都听我的。我已经给他想好了,长大以后他可以娶对面街区的林林。

那时一切都是无忧无虑的,但是谈谈爸爸的病改变了这一切。谈谈的爸爸是突然间就病重了的,那时谈谈的妈妈正在老家乡下盖房子。他们打算盖三间房子,两间卧室、一间厨房。但是房子刚盖好一半,谈谈的爸爸就病重了。他们没有钱把房子盖完,只得简单地把左边那间房子的墙给盖严实了、刷上水泥,中间的那间房勉强垒上砖头,右边的那间房勉强用水泥糊个顶,然后用各种木头架子、钉板支撑着房顶。而后就这样收拾了全部的家当,一个柜子、两张床还有一台二手电视机,以及若干从旧货市场拾来的东西搬过去住了。他们家的房子从远处看上去,就像一个糊了一层水泥的大箱子,院子里就连一棵小树苗都没有,东倒西歪地放着盖房子剩下的铁皮桶,用来当废品卖钱。他们搬走之后的前几天,我妈妈变得很开心,因为再也没有人和她抢公共厕所了。他们原本住的那间房子也以低价卖给了我们,变成了我的卧室。但是妈妈很快就后悔了,因为我没有了玩伴，只能每天在家缠着她。

在谈谈一家搬走之后，我只再见过他一面。那时候我们住的小镇闭塞，一有个什么消息满大街传得都是。我们所在的西街区有好几个人都得了和谈谈爸一样的病，所以在流言之中有这样一种说法，他得的是一种会传染的病。也许是为了扼制住这种恐慌，又不知道从哪里传来了另一种消息——喝轮回酒就可以制止这种病传染。什么是轮回酒？其实就是童子尿。也许是为了不让家人被人所排斥，得这种病的人为了被人所接纳不得不大张旗鼓地喝尿。喝轮回酒一方面是为了让周围的人不再惧怕他们，另一方面是挣"冲喜钱"，就是邀请他们的亲戚朋友来看他们，好筹得一笔钱给谈谈爸治病。为此他们事先不得不撑着面子四处借钱，凑齐宴请的费用。

因为曾经是邻居，谈谈妈在请童女的事情上最先想到的人便是我。但是我觉得那个宴会一点儿也不好玩，就像是在开家长会。不过为了维护我和谈谈之间的友谊，我还是选择那天一大早就去了。为了保证我能尿出新鲜的轮回酒，谈谈妈前一天晚上还特地买了猪肉和芹菜送到我家叫我妈给我包饺子吃。

宴会的日子特地选在了周末。因为去饭店吃饭太贵，谈谈妈干脆请了一个做饭的班子，从镇子上买了肉和蔬菜，在自己家院墙门口支起了锅，搭上了棚子。由于没有足够的地方待客吃饭,他们选择租用可拆卸的桌椅,随便搭在屋旁的菜地上。因为菜地坑坑洼洼,桌椅摆放不平,我刚到那里就被分配到了一个任务——到村子里四处去找砖头,以垫平不平整的桌脚。

我在村子里四处晃悠了一会儿,找回来了不少的砖头。那个村子像一个从里面往外腐烂的大萝卜,大家都忙着从村子里往村外边靠近公路的地方迁。村子的四周建的是两三层的小洋房,但谈谈家所处的中心地带却处处是快被植物吞噬掉的老砖瓦房。这种感觉很恐怖,就像是某些我看不懂的电影里的那些深重的隐喻,但至于那隐喻的是什么却不是很清楚。等我和谈谈把桌子、椅子都摆平整的时候,已经半晌午了。我觉得累,便跑到屋子里休息了一会儿,看见谈谈爸穿着一身冲喜的红衣服,面色苍白歪着头躺在床上,似乎更没有了往日的光彩。不时有大人进来,劝他几句,塞给他一个红包,他再推搡几句说些"真是麻烦你了"或者"破费了"之类的话,而后把钱收下,塞进早就准备好的一个黑色小方包里。有时谈谈妈会进来看看,摸摸包里的钱然后又出去做事。

也许是盛夏的缘故,村子里的年轻人都外出打工了,来看谈谈爸的人多是老头、老太太。他们不光自己来了,还带着一群孙子、外孙。也有几个外地开车来的有钱人,他们过来送了钱,喝两口水,看看用塑料袋蒙着的各种食物,借着路途遥远或者别的缘故，就都又走了。也有人打电话来口头问候的，客气几句便挂上了电话。等到十一点半的时候，谈谈家的院墙外面已经坐满了等待吃饭的人。他们三三两两地坐在一起嗑着瓜子、吃着糖果，制造出节日般的气氛。

冲喜讲究吉时，一般是十二点准时开始。十一点半的时候厨师就已经开始准备给谈谈爸喝的轮回酒了。用来熬制轮回酒的锅，是一口从镇上一所养老院借来的大铁锅。厨师用童子尿当药引子，和一些说不上名字的药材混合，煮成一种咖啡色的药剂。冷凉后，放在一个漂亮的青花瓷碗里，等着吉时一到便由两个年长者一起送过去给谈谈爸喝。喝药之前，要放一长串炮。不知道这是什么仪式，我们那的人，高兴要放炮，不高兴也要放炮。砰砰砰，炸过之后，仪式就开始了。

谈谈爸喝童子尿的时候，屋子里挤满了观看的人。谈谈爸就像待嫁的新娘子一样，被一群急着闹婚房的人群围着。我和谈谈明明是今天的主角儿，却被挤到门边上，只能透过一丁点儿的缝隙看个影子。喝药之前，谈谈爸先咽了一口清水，憋足了气儿接过漂亮的瓷碗一股脑地一口干完。也许是药苦，他伸长了脖子，尽管用尽了力气，还是有细细的一小股药从他的嘴边沿着脖子流到了衣服里面。喝罢，他将碗往旁边的桌台上一撒，软了下去。人群却像炸开了锅似的，有人拍手大声叫好。

谈谈爸喝完药以后就开始吃饭了。我和谈谈没有跟大人一起坐桌上吃饭，谈谈妈给我俩一人拿了一个塑料杯子夹了一点菠菜、卤肉什么的，叫我们坐在屋里吃。吃过饭，我和谈谈便在围着刚放炮的地方，捡炮玩儿。捡着捡着，突然不知道从哪儿冒出来了一个小孩，指着谈谈嘲笑道："你爸喝尿啦！"谈谈拧着眉头自然是不服气的，追着他满地要打。那小孩也挺笨的，光捡着路不好的地方跑。谈谈一个箭步追了上去，立刻把他的脸按在了泥地上，糊得满脸泥巴。那个男孩，死命地挤着眼，用自己的手反过来用力抓他的手。仅两三下，谈谈的手臂上就出现了一条一条红血印。见他拼命地反抗，谈谈便更用力了，死命地把他按在泥地里，用手紧紧地掐住他的脖子说："你去死你去死……"也许是谈谈用力过猛，那个孩子哭了。

见那个孩子哭了，谈谈不知怎么也哭了。他瘫软在地上，不再搭理那个男孩，只顾着自己哭。我想上去安慰几句，却不知道该说些什么，现实是那样强大，何况我们只是两个小孩。这是我第一次看见一个人哭得那样伤心，那是一种撕心裂肺地哭。他的声音空空地落在村庄四周，穿过那些无人居住、快要坍塌的宅子。我本来是想走上前去，跟他说："你是好样的，你打败了那个坏小孩。"但看他满手的泥，被那个小孩抓得满胳膊的血痕，突然就失落了。他哭泣的伤心的脸，也是面目狰狞、露出恨意的脸。他不再是我认识的那个喜欢上幼儿园快乐的谈谈了。那种感觉就好像是,有什么东西一下子碎了。我的童年也到此结束了。

这种日子从什么时候开始的？

一听说林林要来，吕姐便赶紧收拾东西打算出门。去茶楼喝茶，去打麻将，去美容院按摩，去汤药店喝补汤，去任何一个地方都好，千万别待在家里让他给找着了。这种情况不知道是从什么时候开始的，只要一听说弟弟要来她家，吕姐就坐立不安。她还记得去年冬天林林来找她借钱时的场景。那时她在步行街租了一个铺子卖小孩的玩具，林林每天都过来找她借钱。他常常一手拎着水果刀,一手拿着甘蔗,一边吃一边砍还边往外吐嚼白了的甘蔗渣,弄得她店里满地都是甘蔗渣,却又让她不敢数落他。吕姐问他,你为什么要借钱,他一会儿说自己要去上海和朋友创业,一会儿说要去北京开个公司。他每次来都说得很好听,借一倍还十倍,将来开了公司让她当总经理,找个老外给她当秘书。但钱一到他手上,什么事儿也没做,就没了。

最开始那几年,他还知道还钱,到工地上搬砖头、去林场砍木头,无论如何都会把钱还上。自从被一个女人骗婚了以后,林林就再也不想好好工作了,没事儿就去赌钱、买彩票,只想一夜暴富。那女人向他要了结婚的礼钱,买了戒指和项链,转眼就跑了。吕姐去他的住处看望了他几天,刚开始他就跟没事儿人似的,淘米、炒菜做饭给她吃。吃着吃着,他开始思考起了人生,问她一些生存有没有什么意义之类的问题。他激动地不停问她:"这种苦日子什么时候才能结束?人为什么要活着?"从那时起,她就知道情况不对了。他经常打电话过来问她关于生和死的问题,有一阵子他忙于为别人讲佛经,有一阵子又哀告于上帝。还有一次,他宣称自己得到了神灵的庇佑,借别人的钱可以不用还,结果被打成了脑震荡。

最近一次他向她借钱,是要买一张去上海的火车票。她托同村的人帮他在那边的工地上找了一个活儿，谁知他竟连坐车的钱都拿不出来。她只得帮他从网上买了一张火车票，结果快发车的时候，他又来咚咚咚敲她的门，站在门口骂她，说她没有人性，叫自己的亲弟弟去受苦受累。骂了半夜都没有走的意思，直到她向楼底下丢了几百块钱，帮他付清了打的过来的费用。但他也不是一无是处，只要外面的人谁欺负了他姐姐被他知道了，他就要站出来为她拼命。

吕姐收拾好东西以后，外面的雪下得越来越小了，细得都看不见了。她从网上约了一辆车，下楼后对方还没到，便又退回到大厅里。因为冷，她习惯性地搓了搓手，不小心划掉了刚做好的美甲上的一颗小钻。她有点恼了，加上烦躁，顺势就把上面的甲油胶给撕掉了。撕掉的红色甲油胶片放在她的手心里，像一滴血，叫人感到害怕。她盯着它发了一会儿呆，而后，像猛地被什么击中了一样火速丢掉了。

不一会儿来了一辆红色的别克轿车，把她接走了。坐上车以后，她老觉得自己的眼前有一片像胎记一样的黑色阴影在晃，令她感到无比眩晕。也许是无聊，她又盯着自己的双手看了一会儿，因为有一个甲油胶已经掉了，一个角缺了颜色的双手使她感到不太舒服。她含着一种意外的深情，抚摸着自己的手。这双手使她联想起来的东西太多了，她想起自己堕掉的孩子。自己亲手把自己的骨肉包起来，埋到一条荒废的河流下面。她的母亲跟她说不要去看，但她还是忍不住掀开被褥看了一眼，自那以后三个月都没有睡过一天好觉。到现在合上眼，也还是能想起来那个红红的肉球。定睛一看自己的十根手指，就像十个红红的小孩，黏在身上甩也甩不掉。为了使心情好一些，她努力地克制自己不再想这些事情，摇开窗户朝外瞧了一瞧。

双休日，出行的人也多。赶上北三环路又在停修，堵车是很自然的事情，也许是心里积压了太多的事儿，她开始感到忐忑不安，毫无缘由的一阵惊慌。窗外是一条不算宽阔的马路，马路边有几家小店铺。正对着的那家是沙县小吃，小吃旁边有一家十元饰品店、一家理发店，然后是一家贴满甩卖标签的内衣店。饰品店外墙不停晃动着一个红色的小彩灯，让她更加觉得心烦意乱。她只能从包里摸出墨镜戴上。正在这时她的眼前突然飘过一个人，棱角分明的面庞，在霓虹灯的旋转下变成了一个乌黑的斑点。那个人不是别人，就是她的弟弟。看到这儿，她赶紧把车窗摇上。这种惊慌，甚至让她流下了一滴眼泪，她觉得自己的眼泪是碧绿色的，只要滴一滴就可以让一切变得透明。

她躺在车里，眯一会儿眼就到目的地了，那是一家她常去的汤药店。等汽车刚要开走的时候，为了去晦气，她特意多给了司机师傅几十元钱,并以一种优渥的口吻对他说:"辛苦了,去吃点好的吧。"说着她提着包就进了汤药店那间小包间里。服务员从小门送了一碗汤进来对她说:"这一回呀,我把脑浆打碎了和这些东西一起炖的,你试试看。"她用手将皮撕下来,用叉子拨开那个深海动物的肉,肉汤腥白,泛着一点油光。她连喝了几大口之后,觉得味道稍淡了些,便打开调料盒加了一点胡椒粉。而后她又喝了一口,不料呛到嗓子了。这一下把眼泪都呛了出来,不停地咳嗽就像在呕吐。

  大补之后,一种更深层次疲倦从她的眼神里泛了出来。兴许是吃得太饱了,她开始犯困,坐在椅子上休息了一会儿。一连打了几个哈欠后,泪水自然而然的从眼帘里流了出来。这种日子是什么时候开始的呢?她开始想他弟弟不断问她的那个问题:"人为什么要活着?"

爆炸

"你看见那个被炸坏半边脸的人了吗?"

最近阿和蜜的脑海里,总是莫名其妙浮现出这句话。

这句话不是别人说的,正是失去丈夫不久的三姨。但奇怪的是三姨说这句话的时候差不多是十年之前。那时三姨一家还住在一个小四合院里。那是一座坐北朝南,夏天可看花冬天可赏雪的院子。院子不大,仅种着一两排小葱、蒜苗之类的蔬菜,靠着墙根还有两三个用学生踢破的足球改造成的花盆，里面种着小株的栀子花和海棠。院子里有两间主卧一间厢房，左边是一堵墙，右边是厨房和浴室。房子盖得不算精致但很结实，外墙没抹水泥，砖头和砖头之间有不少的空隙，三姨会把钉子、螺丝之类的小物件塞在那里。有一年夏天，她还曾见过一条小蛇从院墙的洞里穿到外面。

那个时候三姨夫的身体还是很好的，没有患癌也没有出轨。这个从来不吃鱼的人，最大的爱好就是去钓鱼。当时他正处于对钓鱼这个爱好的狂迷期，把给学生补课得来的收入差不多全额拿去购买了渔具，一到周末就骑着小电瓶车往乡下那些野沟野河里跑，甭管太阳多大一坐就能坐一下午。有一次他还钓到了一条十多斤重的鲤鱼，兴高采烈地拿回家叫三姨把大鱼炸成小鱼块，给周围的每个邻居都送了一点。

到现在阿和蜜还能记起那些有着柔和夕阳的傍晚，三姨夫钓鱼回来时脸上快乐的神情，那是属于一个人离开童年以后为数不多返回去的幸福时刻。当时阿和蜜正读小学，刚开始学习外语，成绩不上不下，她妈妈特意买了几箱酸奶，顺带着把她送到她三姨家补课。三姨家有两个小孩，一个男孩一个女孩，年纪都比她小。阿和蜜也喜欢去三姨家，一是因为喜欢吃三姨做的炒土豆丝，二是因为她是独生子女，在家里没人玩儿。二姨夫是教外语的，讲课生动幽默，很受学生欢迎。但三姨夫并不认真教她，每日发一张试卷给她，便独自一人骑车去钓鱼了。听到三姨夫出门骑车远去的声音，阿和蜜就和弟妹商议着相互抄答案。抄完答案就跑去树林里玩，等到太阳快要下山了才回家。那真是一段幸福的日子，后来阿和蜜读初中时被分配到三姨夫的班上。三姨夫讲课是越来越幽默了，但人却越来越憔悴。再后来，因为两个孩子渐渐长大，需要的钱越来越多，三姨不得不辞去现在的工作去大城市里打工赚钱。夫妻俩各带着一个孩子生活。

有一年过年三姨从外面回来带着弟妹来阿和蜜家串门时，刚进了客厅坐在沙发上还没有说一句话，见着自己的姐姐眼泪就下来了，母亲便劝了几句大概是众生皆苦之类的话。她还是撅着嘴列举了一些她在电视上看到的跟着有钱的男人过的生活。母亲便说："等你熬过这一阵子就好了，你男人比好多人强多了，好歹是有退休金的。"她侧过身子埋怨道："也不知道能不能健康活到那个时候，现在的人谁没有个病没有灾的。"母亲又劝道："只要你的孩子过得好不就行了。"三姨这才不哭。但谁晓得她的那一语便成谶了。从那以后阿和蜜每见到姨夫便会想起那句话，她一点点观察着他的变化，看见从那个爱钓鱼的男人变成了爱酗酒抽烟的男人，继而又变成了总是被女人抱怨的男人，然后又变成了越来越爱故意扮酷、越爱说笑话的男人，接着又变成了喜欢偷偷和别的女人约会的男人。当最后他查出患癌的时候，所有人都很震惊，但是阿和蜜却没有。

　　日子是从什么时候开始变成了现在这样的呢？阿和蜜也不知道。但她记得有一天晚上，学校附近发生了一场很大的爆炸。当时有一个传闻，那天晚上的意外爆炸把房主的脸给烧坏了半边。阿和蜜和弟弟妹妹偷偷跑过去看，不过没有见到那个人。那处房子没有倒塌完，烧得像一个黑漆漆的洞。有人似乎无意中摸透了人总是爱钻洞的这点心思，用铁条焊成的一块栅栏挡住了门。虽说是门，但一点防盗能力都没有，不过里面也没有什么值得觊觎的东西。透过门往里面看去，烧黑的墙壁上，有一面诡异白亮的镜子，镜子旁边有一张烧毁了一半的张曼玉的明星画像。靠着墙有一张旧得不成样子的淡绿色沙发，沙发上放置了一件被肉体压得扁透了的黑色丝绒棉袄。这些东西大概是这几天刚从垃圾站里捡来的。

　　过了几天，三姨听说有人见到了那个脸烂了一半的男人了，回到家里激动地要命，就像是好奇世界上有没有鬼一样，她想去看看那个人到底丑成了什么样子。她想去看，一个人又没有胆量，便缠着三姨夫和她一起去。三姨夫是没有兴趣的，但躲不过妻子的推搡。白天去看肯定是见不到人的，便合计着夜里两点穿好衣服跑过去看，但还没有出门，三姨已经被自己想象的那张被炸毁的可怕的人脸吓得走不动路了。接着她幻想到自己辛辛苦苦才勉强维持住的家，有一天也有可能会因为什么莫名其妙的意外爆炸而被摧毁。在她被自己的幻想吓到之后，产生的第一个念头竟然是抱怨她的丈夫。

面对妻子的抱怨姨夫早已习以为常，默不作声地站在门口开始寻找自己上个月弄丢的一把剃须刀。但找来找去，找得一肚子火，也没有发现自己那个剃须刀去了哪里，忍不住像每个人都会叹气的样子，叹了一口气道："唉！活着还有什么意思。"这句话却像是火苗一样点燃了三姨生活的热情，从那以后她见人便说自己的丈夫因为找不到一把剃须刀，都不想活了。这件事情不新鲜以后，她又开始以同样的方式数落起她的孩子，就像骆驼反刍食物一样，反刍那些稍微有一点令她不安的东西，仔细想来其实都没什么大不了，都是一些鸡毛蒜皮的小事儿。比如有一天她撞见自己的女儿和别的男孩牵了手，就开始四处散播女儿早恋的消息。一直到她的女儿哭着表示会听自己一辈子的话，才住了口。

三姨夫查出胃癌，是在一个寒冷的冬天。当时阿和蜜在市区的超市里做寒假工，有一天晚上下了夜班往回赶的路上，一不小心撞见姨夫骑着车带着一个面容娇小的女人往一个小巷子里走。那些日子她还一直犹豫要不要把这件事儿告诉三姨,三姨夫得了胃癌的消息就传来了。她一直忍住没说,但不知是谁走漏了风声,三姨还是知道了这件事。当时姨夫正要进行二期的治疗,三姨哭闹着要走不再照顾他了。但姨夫仅说了几句软话,把那个女人的号码从手机里删除了,三姨又留了下来继续真心实意地照顾他。抗癌一年半后的某个星期里姨夫突然变得精神抖擞,然后在紧接着的某天夜里就突然去世了。

三姨夫去世不久,三姨一直闹着要寻死,卧床伤心痛哭流涕了三个月,在她起床上班的一个星期以后就确立了新的恋情。令阿和蜜意外的是,三姨人到中年居然又有了一场意外的爱情,变得单纯得不像话。从那之后她开始常常参加公益组织,热衷于慈善事业,让自己尽量看起来像一个正常的、幸福的好人。

三姨二婚举行婚礼的时候,阿和蜜也去了。新的姨丈是个老实男人,粗眉小眼方脸厚唇,配着三姨满脸褶皱的小脸以及那双空洞的不像话的大眼睛显得不太相称,但那有什么关系。这个男人是三姨的同学,他因为每日在微信朋友圈看到三姨诉说逝去丈夫的心酸活动了心,这个男人曾经抓到他的老婆出轨三次,碰上这位肯为丈夫寻死觅活的女人,珍惜得要命。

为了弥补三姨所遭受的委屈和挫折,新姨丈把婚礼操办得很大,就像一场祭奠伟人生辰的典礼一样盛大。他们花了大价钱请了司仪，将地址定在了一个看起来美丽的无比巨大的湖岸，用一个俗人拼命能想出的那种热闹的方法举行了婚礼。宾客们在臃长、繁琐的婚礼庆典中昏昏欲睡，时不时打起精神来拍一拍因为潮湿和鲜为人至而恣意横飞的虫蚁。三个小时的庆祝仪式结束以后，婚礼终于开始了。

在火红的炮仗和绚丽的礼花底下，随着一声声震耳欲聋的炮响声，阿和蜜想起了爆炸的那天晚上所看见的情景。和平时一样，那也是一个美好无比的夜晚，三姨把她叫了起来，两人站在院门前面远远地朝发生爆炸的那户人家处打望。那是一个汽车维修店，房子是上个世纪七八十年代建的。当时大概还在使用粮票，灰旧的墙皮上稀稀落落地残留着当时的一些标语。这处房子建的很高很大，房柱上刷着酱红色的漆，两边各有一个铁窗，一个铁窗着着火，另一个却安然无恙，甚至还能看见过年时贴在上面的门对子。门已经被炸没了，从她们的角度望过去，那个房子显得空旷极了，仿佛周围围观的人都不在似的。着了火的房子显露出过年庆典时的狂欢状，像一个突然走红处处卖弄自己的明星。阿和蜜没有想到，如此破旧的房子，在着着火时竟然是那样绚丽、壮观，那一刻包括这些围着火看的人，都好像远离了地球。

彩虹昆虫

老谭这个周末原本是要去参加妹妹的婚礼。他住在北京,妹妹住在南京。周五下晚班时,他给自己买了一张第二天去南京的火车票,但时间整整买晚了一个月。这件事情是第二天的检票员发现的。他已经过了两道安检,检查了身份证和行李包,没有人发现这件事情,甚至连他自己也差点相信他马上就要坐车去看他妹妹了。广播播报了火车到站的消息,每个人都慌忙地提着行李朝车门挤去,他也跟着紧张起来。他跟着人流快步地向前走去,眼前的情景让人恍惚。背着行李的民工、抱着小孩的妇女、衣着妖艳的少女、沤糟泡面的酸腐气息、台阶缝隙里散落的瓜子……一切皆被那些无知、动人的摸索夺去。庞杂的人流中仿佛隐藏着什么令人震惊的秘密,使他感到背后有点阴凉。他忍不住回头望了望,但什么也没有发现。再朝前看去,他已经被挤到了检票员前面。递去身份证和车票,被退了回来。

"先生你这张票是无效的,买错日期了。"

"时间错了吗?我记得很准啊,早上七点四十分。"

"你买的是整整一个月后的票。"

"不会吧。"

"没时间跟你多说了。别人还等着上车呢!你可以去售票处换一张尽早的票,八点二十还有一班。"他赶紧接过火车票,上面的日期确实是晚了一个月。他努力回想买票时的情形,确实没有买错。他没有皱眉也不像往常挤不上公交车一样心烦,甚至都没有表现出一丝着急。不管怎么说赶紧换下一班,也还赶得及。他神情漠然晃晃悠悠地来到购票处,然后被告知无票。他满头大汗站在人民广场中心,手里攥着的那些退回的钱显得无用而多余。他之前告诉他的老婆自己将事情计划得极为周密。

周六五点半起床,六点出门打车,七点十分左右到火车站。七点四十坐车,下午到家可以休息一会。晚上带父母出去吃饭尽尽孝心,第二天参加妹妹的婚礼,下午返回。这件事情计划得还是非常周密的,他念叨着而后笑了一笑。

紧接着他按原计划,顺利地到了他和芬妮约会的咖啡馆。选择了一个靠里的位置点了杯咖啡和一份苹果派,开始给家人打电话。他几乎给家里的每一个人都打了电话,说他为不能去参加妹妹的婚礼感到非常抱歉。他期待着他们中会有一个人站出来埋怨他几句。但是没有。甚至他的母亲也对他说,赶不及就不要来了,不是什么大事。没有一个人责备他,这样更令人伤心。他习惯了那种角色,一个忙碌、高薪,远在家乡以外的人。他家里的所有人都为他骄傲,并以同样的热情为他烦恼。正像他错过了他儿子的成长、姑姑的葬礼、父亲的大寿一样,他也错过了妹妹的婚礼。

十分钟后苹果派和咖啡端上来了,他给芬妮发了一个简讯说了整个事情。芬妮说他并没有错过什么,凡是过去的一切都不值得人感到抱歉。他将苦咖啡倒在甜腻的苹果派上混合着吃,味道似乎还不错。他的心情又开始好了一些。他以去参加妹妹的婚礼为由跟公司请了周一的假,跟老婆请了三天的假,两天回老家一天陪芬妮。现在他有三天的时间来陪芬妮了,这似乎并不令人轻松。那要是现在回家里待着呢？没错，他是想回家待着。他的儿子日渐长大，已经学会了跑步、摔镜子、说脏话、要钱和玩弄自己的生殖器。有一天老谭回到家，竟然发现他书房的墙壁上被画满了虫子，各式各样彩色的昆虫。简直像一个铺天盖地的网，令人窒息。他想去质问他的老婆如何管教的儿子，可他不敢。这个小脚的女人会释放更多的虫子把他团团围住，反过来将他数落得哑口无言。

老谭的老婆森悦是北京本地的姑娘，在职业学校当老师。他们是大学同学，毕了业没多久便结婚了，婚房是丈人提供的。没有房贷压力，两人各有一份工作，生活应该也算不错，他们感情也不错。但孩子出生不久之后，森悦突然之间变得特别能说。她像所有的勤奋的家长一样，在孩子不到一岁的时候就已经将他未来的人生规划好了。老谭就孩子的问题没少跟森悦吵架，他觉得孩子应是无为而治。森悦则认为是他不关心她们娘俩。她没收了老谭的所有的奖金，并计划存钱让孩子出国读书。她买回来大量的书籍来装饰他们的家，从《资治通鉴》《二十四史》到《魔山》《百年孤独》应有尽有。来他们家做客的人都纷纷赞扬他们家书香浓厚、富有学术氛围，可老谭始终觉得这诡异得要命。

客人赞美之词越多，森悦便越发专注于此。为了孩子能更接近于一线的教育，森悦甚至学习起了古籍。某一年森悦还因为阅读丰富，而被学校评为知识最渊博的老师。这便一发不可收拾了。从此森悦更敬重于教科书式的师德，乐于牺牲，勤俭至极，甚至不使用任何日本产品。她想添一件冬天的衬裙，反复试穿了许多都嫌贵未买，反过来给孩子和丈夫买了更贵的衣物。她热衷于投入到一种奉献的委屈中寻找到自身的价值。这令老谭感到惊讶又很是理解，他也同她一样矛盾不已。

老谭从来未曾想过他会出轨，毕竟，在北京，脱落家庭的外衣他很快就会一无所有。芬妮是个意外，像一个诗人所不能缺少的那种意外一样，他这样对自己解释到。老谭除了工作之外，业余也写一点东西。有些作品已经发表了，这多少令他两点一线的生活有些荣光。实际上这种作家就是一坛酸菜，年轻时放着活泼鲜艳的蔬菜不做，终日封闭自我妄想着在一个小小的坛子里发酵成精，甚至不惜弄苦自己的生活，期待着有朝一日能成为历史货架上有据可考的组成部分。而实际他们又老又酸，生活死寂毫无生气可言。芬妮是个非常年轻的诗人，她说人生要多一点尝试，应该追求自由，做一场所谓的行为艺术，便勾搭上了老谭。但可能只是因为老谭能提供给她资金的缘故。

拥有了芬妮以后，老谭终于在生活里感受到了一丝乐趣，但很快这种乐趣就消失了。他想和芬妮分手，但是又不能。他问芬妮她爱他吗？她说不爱，但是这并不妨碍她想和他一起生活。他想了一想，似乎也是如此。他也并非希望她爱他，爱情如梦似幻不如性来得直接。他只是希望他在她身上花的钱划得来，并且有个人陪他待着、等着他去关心，还能和他一起讨论如何对付他的老婆。他一直在尝试着相信芬妮的好，并用芬妮教他的方法劝说森悦，希望她可以和他一样多去热爱生活。可事实证明他必须要练习拳击才能劝动自己的妻子。

森悦并不知道老谭外面有女人，但是森悦的姐姐森芬知道。森芬有一次晚上外出吃饭撞见了老谭牵着另一个女人的手。可她还是假装什么都不知道，就像对这个世界上的很多事情假装不知道一样。森芬是个聪明的女人，她不会将这件事情告诉森悦。只是老谭并不这样想。他感觉自己在家中的地位岌岌可危，除了儿子有一半的血统是自己的，其他的皆不属于他。他时刻做着被赶出家门的打算，他买好睡袋、旅行箱并将钱藏起来，但整整一年都没有发生任何事情。这让他等得非常着急。他期待着像小时候做错事被母亲劈头盖脸地责骂一样，他希望森悦也来用高跟鞋踢他、打他、骂他。让他跪在地上祈求她，亲吻她的脚。他甚至还给森芬打电话探过口风，可森芬没有告诉他任何事情，这也成了他感到非常失望的事情之一。

于是他开始给森悦制造抓他小辫子的线索,故意将衣服上蹭上芬妮的香水、把男人在外面风流的东西带回家。还有一次他把芬妮的口红摆在儿子的书桌上,儿子果然没令人失望。用口红在他们家里墙上画了更多更多的虫子,简直像彩虹一样艳丽夺目。然而森悦只是责骂他儿子几句,并没有发现任何的异常。他生气极了!家里多了这么多不应该有的东西,作为主妇怎么能不知道呢!他得出了一个答案,他的老婆太笨了。想让森悦发现他的奸情,看来只能让她们俩见一面了。于是他将火车票买差了一个月,假装自己买错车票制造他离开北京的幻象。再将芬妮约到森悦周六补课附近的咖啡馆里去。

现在时间已经越来越紧迫了,还有一刻钟森悦就下课了而芬妮还没到。老谭有点快坐不住了,他不停抖腿。还有五分钟、三分钟、一分钟……他不停将头探出窗外。芬妮还是没来,森悦也是。过了约定的时间一个小时后都没有人来,他决定回家跟老婆坦白了。他想好了一切的措辞,这样或许是让她关注到他的最佳选择了。他将苹果派上的坚果,一粒一粒的抠出来放到巧克力酱里去,然后拿勺子把它们拌匀,送进嘴里将上面的巧克力酱舔干净,再吐出坚果。吃完了所有的巧克力酱,他决定步行回家。

当天决定做出这个选择后,他感到这一路上的风非常地轻柔,迎面扑来都是百合花的香味。他开心地边走边哼着小曲。他想到他跟他老婆和好以后的美好生活,觉得一切都有了一个盼头。他想起他小时候玩过的昆虫玩具,多么鲜亮可爱,简直像他老婆一样美。他的儿子仔细想想其实也很可爱,不就是有些调皮嘛!他的老婆也没什么缺点,就是有点凶,然后不喜欢和他睡觉。她为什么不喜欢和他睡觉呢?他有点想不太明白,可女人不就是这种琢磨不透的性子吗?昆虫是顺应季节变化的,不像人类永远有欲望。

老谭走到他家楼下的草坪,突然看见他的儿子一个人孤零零地在楼下拿着塑料铲子挖土。走近一看,儿子正从一株花的根部揪出一只甲壳虫的腿。儿子的玩具小桶里满满的都是虫子,金龟子、五彩虫、粘虫、蟑螂、蚯蚓……应有尽有,把他吓了一大跳。他揪住儿子的耳朵,大声呵斥:"你在干什么?玩那些脏虫子多臭!你妈怎么看你的?她去哪儿了?"他儿子哇的一声哭了出来:"她和叔叔在楼上看书。"他皱着眉头朝他脸上打了一巴掌,他儿子也不甘示弱顺手抓了一把虫子往他脸上砸过去。他猛地一闪差点摔倒,儿子趁机跑了。他气得要命,将儿子的玩具统统丢到垃圾桶里一个人上楼了。

他打开门,家里像往常一样安静。门窗紧闭,不像没有人在家。他打算去卧室休息一会,推开门突然看到森悦和另一个男人躺在他们的床上。他的眼睛里一瞬间飞满了虫子,那些虫子释放出无数混乱的彩色气体将他迷瞎了。恍惚中他感到有一大群的飞虫向他扑来,像一道彩虹紧紧地将他裹住。他头痛欲裂,只能拼命敲打着自己的脑袋。那些虫子马不停蹄地朝他身体里每一个缝隙钻,他的毛孔、鼻子、耳朵里塞满了那些恶心的东西。他不停蹦啊跳啊,用力撕扯自己的耳朵、鼻子、嘴巴、眼睛……他痛恨一切令他有知觉的东西。他害怕极了,那些钻入他体内的虫子已经和瞳孔里无限放大的彩虹重合了。身体里互相缠绕的血丝凝结成了一只巨大恶心的手,抽出残留在他内心深处那唯一一点的洁白。他不知道如何是好,只能一步一步往后退,直到跌倒在地,"啊!"地一声叫了出来。

唇齿之间

阿城决定今天晚上要去杀一个人。

怎么杀、准备什么工具、如何毁尸灭迹，他都已经想好了。他已经把计划设计得天衣无缝。杀人地点就定在他每日工作的汽车修理店，杀人工具不用特别准备，厂子里什么能害人的东西都有，这里距离垃圾处理厂不远，毁尸灭迹也容易。但是有一个问题他没有解决，那就是他该杀谁？

关于这一个问题，阿城已经想了一个上午了。到底杀谁比较好呢？杀谁，其实都是无关紧要的。但还是得费脑子想一想，才显得对人生有一点点的负责。阿城时常会忘记自己的姓名，每次从本子上看到那几个字都会由衷地感到陌生。他不知道自己是怎样长大的。到北京来的这些年他一直过着另一种人的人生：以绿萝、芦荟、薄荷等任何一种盆栽植物的方式生活，沉默并且拘谨。他尝试过离开北京，可是他到这个国家的任何一个地方去都要穿过一大片巨大的沼泽。

阿城是德胜门外大街附近一家汽车维修店的员工。来北京已经一二十年了，他是个老实人。店里面的人都这么称呼他："老实人，过来看一看这个轮胎。"他在汽车修理这个行业已经度过大半辈子了，终于赶在五十岁之前在河南老家的县城郊区给儿子买了一套婚房。这套房子是非常令人满意的，如果它没烂的话。雨季之前，阿城去看那套房子像一位要去看公主的王子。雨季过后，阿城又去看了那套房子，觉得如果给它加固以后或许还可以养猪。

阿城每每想到此处都觉得心底闷得慌，有一口长气出不出来。便在夜里对着天花板不住地骂："你奶奶的！奶奶的！奶奶的！奶奶的奶奶的奶奶……"虽然他也搞不懂自己在骂谁，但正因为不知道要骂谁所以才要不停的骂。早上洗漱的时候对着镜子骂，中午对着食堂饭中的菜虫骂，上班时对着轮胎骂。可他越骂越不解气，于是他想他应该去做点什么刺激的事情来改变自己的生活。做什么样的事情能翻天覆地？那就是杀人。

杀谁呢？他不住地想：岔道口那个总是把头发梳得老高、烧不熟的理发师？不行，他还给自己免费剪过一次头发。隔壁那个上厕所总是不冲马桶的水泥工？不行，人家女儿还没长大。把总是克扣自己工资的老板杀了？上次生病还是他开车把自己送到医院的。那总不能不杀了吧！我好不容易才恢复了一些反抗的气血。干脆捡个有钱人杀了吧。可杀有钱人也不见得有意思，"那么杀谁才比较有意思？"说着他脑子里浮现出了一个女人。

这个女人，阿城每天都见。她大概在这附近上班，每天早上都匆匆把车停在修理厂门口的空地。然后从包里拿出一份卷饼，边吃边往公司赶。也许正是因为他每次见她的时候，她总是边走边吃，所以阿城特别留意过她的嘴唇。绿色舒张的蔬菜卷随着贝齿的上下咀嚼渐渐缩成沫儿顺着她的喉咙往下落，落到锁骨落到胸间再落到人身体中那个至深的部位。有时她吃着吃着还会伸出舌头舔一下激丹般的朱唇，那模样极为动人，像是一头吮吸母乳的小鹿。每当看到这时，他都恨不得成为她口中的食物，好去她温暖的腹部一探究竟。

阿城第一次见这女人时便被深深地吸引住了。每天快到这个女人上下班的时间，他就会把椅子搬到店门口坐着等她从身边走过去。阿城一直觉得这个女人是具有魔性的，每次闻到她身上那种神秘莫测的气息，他都会油然而生一种渴望，甚至可以说是一种改变世俗的力量。这个女人太美了，这么美的女人他是不舍得她在人间受苦的。就是现在，他要去改变这个女人的生活了。他要把她往后人生的一切苍白抹掉，把她容颜的衰老、随着时间流逝人性之中愈加显现的劣根通通都抹掉。

一想到他要把这么美的女人杀死，阿城就变得异常激动，像是要去做一件无人知晓而要流传千古的事，午饭吃的也是别有一番滋味。吃了午饭趁着大伙都休息的时候，他偷偷地跑去把她的车轮胎捅了个洞。如此等她下了晚班，肯定会叫他去给她修车。然后就可以趁机下手了。

就这样，阿城在极度幸福的一种幻想中恍惚度过了一个下午。这天下午他见谁都笑，他甚至把自己最心爱的杯子、陪他度过一个个无聊下午的智能手机，还有一把进口的刮胡子刀都送人了。他感到这一切都将结束了。杀了这个女人之后他就要远走高飞，去一个谁也不知道他的深山里过另一种生活。既然他都要远走高飞了，这些东西还有什么用。去他娘的房子和票子，他现在是另一个人了。他一高兴甚至迅速骑车跑到自己的宿舍里把自己的被子、衣服都剪烂搬出去扔了。锅和碗也没有用了吧！那把它们也都砸咯！他这些乒乒乓乓的举动吓到了不少人，有人过来敲他的门问他怎么了。他说他要把生活砸正！处理好他的生活用品以后，他回到汽车修理店给每一个人都发了一包烟。并祷告道："感谢主、感谢观音菩萨和耶稣给了我这个启示。"

接下来的时间就是坐着等那个女人了。六点一到，其他的修理工都下班走了。六点半时忽地飘起了小雨，天早早就黑了。七点，路上已经不见什么人了。阿城想这一定是上天听到了我的祷告。于是他把修理店外面的灯打开，然后把屋里的灯关掉。独自一人坐在幽暗的角落里亮着眼睛，把杀人所有的步骤都梳理了一遍：把车拖到修理厂、给她倒一杯水（或者不倒水也行），拎一把锤子把她砸晕、然后把尸体肢解了，要么干脆都烧毁……把车子拖到修理厂、指着轮胎破的地方让她蹲下去看、趁机把她砸晕……把车拖到修理厂……他抖着腿像唱歌一样一遍一遍地重复这些步骤确保万无一失。

快到八点的时候，那个女人果然出现了。她撑着一把小伞，小心翼翼地踮着脚尖往这边走来。雨水在她的发梢结了一层翳，他感到她的周身起了层薄薄的雾，神秘极了。她进了车子，过了一会又出来朝他招手喊他过来。他就等这一刻了，他抄起了一把手锤,气势磅礴大步流星地走了过去,雨水噼里啪啦地打落在他身上但他毫不在意。在这并不长的路程中他回顾了他的一生,紧接着他朝她笑了,用这一生他所拥有的最纯洁的笑容朝她笑。他要把他最美好的东西奉献给她,他深情地望着她,企图通过这眼神向她传递某种爱意。可是眼看着要走到她身边时,只见她招手拦了一辆出租车坐了上去,拉下玻璃伸出手把车钥匙递了出来,伸头对他说:"雨太大了,我得先走。车你修好,明天我再来取……"

从哪一刻开始老去

从前有一个叫牛王的人。

他为什么叫牛王呢?

因为他们村是一个很古老的村,世世代代把以牛开头的名字都取干净了。连叫牛胳膊、牛腿的人都有了,就是还没有人叫牛王。所以他爹就给他取了个名字叫牛王,希望他出人头地。果不其然他成了村子里第一个毕业于名牌大学的人。牛王最近耳朵不太好使,里面长了几个小痘痘,痒得很。牛王说:"如果有一天,我的耳朵坏了,那肯定要怪隔壁办公室的那个人。"

牛王在一家著名的IT公司工作,他已经三十多岁了,还没有找到女朋友。他有点发愁,因为他始终搞不清楚女人是怎么回事。不久前他注册了一个相亲网,被骗走了几万块钱后,也不再喜欢和女网友聊天了,最后一种了解女人的方式也断了。牛王在通州的某个中等小区租了一个套间,他住那儿已经很多年,他不喜欢换地方也不喜欢出门逛街。他喜欢把自己打扮成一个房产中介,好招人合租,如果看房子的是个男的就要多一些钱,如果会打游戏则另当别论。如果来合租的是个女人,他就热情地帮人家搬家,请人吃饭,然后问她:"怎么样?要不要做我女朋友试试?"而后没多久,这个女人就会被吓走。他因此白白得了很多押金,但他并不想要钱。他只想找个女人好好过日子。

牛王还喜欢闻树叶的味道,尤其是那种从树上刚揪下来的,放在手心里揉得稀巴烂,狠狠地捏着渗出来的一丁点枝叶的味儿。这种原始的带着草木精纯的液体,可以唤起他作为动物的某种纯洁。当然啦,这只是冠冕堂皇的说法。实际上他只是觉得这种味道很像女人身上的某些气味。

隔壁办公室的那个人叫方琪琪。牛王对每个女人都很殷勤,除了她。他经常在背后偷偷叫她"母夜叉"。方琪琪是他们部门的领导。他每天一上班就能看到她在那儿训人:"你是不是瞎了?谁叫你这样发邮件的?这样的合同我们不能审。叫财务他们自己找人弄。"尤其是那句话:"谁叫你这样干的?"他一天能听见上百回。他甚至录下了方琪琪的这句名言配上音乐,放在网上给大家消遣。为了防止每天魔音灌耳,他只得天天戴上耳机听音乐。

这导致他整天都晕乎乎的,耳朵也不好使了,下了班脑子里只有"嗒嘀嗒嗒嘀嗒嘀嗒……"这些曲调,有一次竟然因此坐地铁坐反了方向。那天他下班很晚,发现自己坐反了方向并且是末班车,就干脆没有回去。找个酒吧喝酒喝到凌晨两点,无所事事,便找了一个网吧打算打游戏打个通宵。可是越打游戏他就越伤心,因为他老是输。连一个小小的游戏都欺负他,想着这一点他还有点泄气,便趴在桌子上休息了一会儿。等他醒来时发现几个比他小十几岁的少年围着他,问他要钱。牛王不想给,心里很是厌烦,但这几个皮孩子正是下手不知轻重的年龄,无奈掏了钱给他们买烟。这些人买了烟回来,仍坐他旁边。还笑着递过来一根问他要不要抽,这就使他火了。

但他一贯能忍,只随口问了他们一声:"你们都多大了?"其中有个穿黄褂子的男孩歪着头朝他笑了笑说:"你大爷我二十啦!"其余的几个男孩呼啦全笑了,他本就有些气,这样一说便压不住火了,将自己手中刚抽了几口的烟砸向那个男孩。那个男孩眨巴眨巴眼,本能地将身体朝后仰,但动作幅度太大差点翻过去。他本想做个鬼脸告诉牛王自己没被砸到,但他们中的一个穿灰裤子的男孩已经从座椅上跳了起来,冲着这个中年男人说:"操!你想干嘛?"牛王说:"我不想干嘛。"灰裤子男孩说:"不想干嘛?那你为什么拿烟头砸我兄弟?赶紧给我道歉。"牛王抄起桌子旁的烟灰缸向他砸去,那些被水浸泡得发黄的烟头像一截一截被烧焦的手指散落在这些少年的身上,叫他们发慌。他们触电般散开,等反应过来,牛王已经从网吧里溜了出去。

牛王一路小跑,来到一个红绿灯路口,准备打一个车赶紧走。空旷的街道上一个人也没有,除了红绿灯只有自助超市店外面的喜洋洋摇摇车还发出一丁点亮光。他掏出手机从网上叫了一个车,由于是深夜的缘故,他得等很久。站在路边似乎还有一点显眼,他怕那些男孩追过来,朝四周看了看,发现也没有什么地方可以坐一会儿的,便朝喜洋洋摇摇车走了过去。牛王靠在摇摇车边站了一会觉得有点困,便蜷缩起胳膊腿坐进儿童摇摇车里,趴在上面的小方向盘上合了一会眼。牛王的身躯对于儿童车来说太大了,这个座椅仅仅能放下他的屁股,他坐了一会儿觉得有点不舒服便不自觉地扭了扭身子,一不小心他的胳膊碰到了摇摇车方向盘旁边的按钮,摇摇车突然启动了:

"小朋友快来玩呀!小朋友快来玩呀!"

牛王被吓了一跳,心想反正等着也很无聊,睡又睡不着干脆就坐一下摇摇车吧!他从口袋里摸出了两块钱塞进去。喜洋洋剧烈地晃动了起来,周身闪烁着诡异的灯光唱到:"小螺号滴滴滴吹,海鸥听了展翅飞……小螺号滴滴滴吹……"这首歌像一片刀片,轻轻地刮开这片空荡荡的街道。使那些已入土又变为新建筑的废墟,重新呈现出来。牛王仿佛看见那个还是孩童的自己正穿着溜冰鞋从这无人街道上穿过。他被摇摇车晃得有点迷糊,不自觉也眯着眼睛跟着哼了起来。他感到失望极了,牛王不是王,他有时甚至觉得自己连一个宠物狗都不如。一股失败的情绪迅速席卷他的全身,使他陷入到一种近乎于绝望的情绪之中。

如果他只坐上摇摇车而不发出声响,那几个少年可能永远也找不到他。正当他沉浸于自我的幻想之中时,那几个将头发染得红黄不一拿着利器的男孩,随着歌声寻至此处看到了这幅奇异的场面——一个穿西服打领带的中年男人,近乎委屈地蹲坐在一台给几岁小孩坐的摇摇车上,前后晃动着像抽了大烟似的,眯着眼一本正经地跟着摇摇车唱歌。他们愣了一下,相互看了看才冲上前去,趁着他手脚蜷缩起来不方便活动的时候从身后给了他几棍。牛王被打得龇牙咧嘴,没等摇摇车停,便从上面跳了下来，扭住一个少年的胳膊，狠狠地将他揪住甩了出去。牛王手中没有工具，只能空凭着手四处乱抓。挨了几棍子之后，他意识到自己无论从哪方面都要输给这些年轻的小后生了，他的心一下子沉了下去又迅速窜到了嗓子眼。他不由得狠命地跑了起来，边跑边回头威胁那几个男孩：“我报警了！我报警了啊！”惹得他们一顿笑。

跑着跑着大概是少年们也觉得已经得逞不必再追了，便走开了。他这才停下来猛地往面前的草堆里吐了一口血，而后趔趔趄趄地站了起来朝前走了两步，又蹲下来，用手支撑住膝盖，血不断地从他的鼻孔里往下淌。他眯着眼睛，盯着自己的鼻尖，看血一滴滴往下掉，有那么一刻他感觉时间静止了，耳边不断浮现盛夏的蝉鸣。这时起了夜风，草挠着他的筋骨，他费力地喘着气，又看看自己腿上的汗毛，它们还是粗壮的。他感到有些冷，全身上下酥麻麻地，他觉得他的魂魄已经从身体里抽出来了，随着那些风啊草啊，漫山遍野地飘啊飘。他的魂正和那些不管死过多少次依然新鲜的小草一起手牵着手，在风中沙沙沙地跑着。起初他还是能感到痒的，现在已经不了，他把身体一斜，歪倒在地，身体弓如一只躺在母腹中的胎儿。就像是女人第一次在自己的头上看见白发一样，这一刻让他知道他已经无可救药地老了。

酒徒

福泽是一个卖鞋的人,大家都常常喊他文文爸。文文是他的女儿,现在在县城的某个中学教书,不常回来。福泽是个生意人,收过废品、开过饭店、卖过家具,现在正经营着一个小鞋铺。他原来在街上租过一间店铺,可是这几年大家都习惯了网购,实体店的生意不好做,加上租金又贵,后来干脆摆起了地摊。他的摊子摆在几家衣服店前面,互相不抢生意,也好做事儿。他面相老实忠厚，为人热情，但性格中却有着不少戏剧性的东西。

有一天他吃喜酒被灌晕了，老婆生气不让他回家，他只能醉着又回来摆摊卖鞋。前头来了一个人上脚试了一只39码的运动鞋，觉得合适便下钱买了。他将那只39码的鞋装进鞋盒子里，也许只是为了好玩，他拿了另一只37码的装了进去，卖给了对方。对方也没有看，收到找回的零钱，装进衣兜里，拎着鞋袋子，骑着摩托车就跑了。那个人走后，福泽一个人坐在鞋摊子上，想象着顾客回到家后，发现自己买了一双不一样码数的鞋后气呼呼的表情，哈哈大笑起来。在那之后的好多天，他都在等着那个人再过来找他换鞋。可是那个人或许不急着穿那双鞋，或许干脆就把这件事给忘了，总之没再来找过他。

这一下他有点着急了，因为这意味着他得想办法把另一双两只尺码不一样的鞋给卖出去，才能挽回他的损失。这也许要等到另一个像这样热腾腾的下午，等一个从疾驰而过的摩托车上下来的某个连给自己买双鞋都不耐烦的男人。这样想之后他也变得不耐烦起来，皖北的夏季不知从什么时候开始变得格外漫长。在这个无所事事的下午，街上漫无一人，他守株待兔一样等着那不知道在何方的客人。也许因为无所事事，他开始想象起那个会买他这双不一样码数的鞋子的客人的生活。他没有那么浪漫,当他想起那个人的时候,他首先想到的是一层灰。一层几乎无处不在的灰,路边的树叶上、草地上、共享单车上、他摆的摊子上、甚至他家的院子里、灶台上全都有一层类似的像薄土一样灰灰的东西。

盛夏,往往下午三点钟以后,街上就不再有什么人了。大家把卷闸门拉下一半,免得太阳晒得太热,然后坐在屋里眯一会眼或者聚在一起打一会儿牌。福泽也怕晒,但主要还是怕晒着他的东西。可是他又不舍得花钱买两个棚子,只买了一个棚子支着。每隔一两个小时移动一下棚子的位置,免得太阳老晒在同一个地方,把他的鞋子晒掉色了。每天他都拿着一份街上发的什么治疗前列腺的宣传报纸或者整容医院发的小扇子盖在脸上,躺在他的折叠椅上睡觉。睡到下午四点多,收拾一下鞋摊,再拿出手机上网上看一会儿段子,等到五点多就会有陆续来买鞋的人了。

像往常一样,五点一到街上开始热闹起来。他的旁边陆续出了一些卖卤肉、煎饼、凉皮的小摊,生意十分红火。一阵子他有过改行卖小吃的念头,便和那些卖小吃的人套近乎,想套出一点点做卤菜的方法。但一听人家说卖小吃得凌晨三四点起床,便又打消了这个念头。他喜欢喝马糊,一入夏几乎每天都拿这个当晚餐,因此他常常帮那个卖马糊的人占摊位。那个人也很识趣，经常给他多添一个鸡蛋什么的。时间一久，他俩便成了无话不谈的朋友。晚上七八点生意淡的时候两个人喜欢并排坐着，看着来往的行人唠家常。

街上有个收垃圾的女人，有一双走起路来就会一跳一跳的大奶子，是大家都喜欢谈到的对象。这个女人经常拉着一个四方的铁皮车，里面装着各种她捡拾的垃圾，谁也没有见过她干净的样子，整日脸蛋都脏兮兮的，头发乱得像个鸟窝。她一辈子弓着腰走路，生怕错过任何一点可以卖钱的东西。没人知道这个女人多大了，或者从哪里来，但经常看见她穿着人们丢弃的衣服，在街上四处游走。因为得帮忙收各家各户的垃圾，她和这条街上每个人都熟，知道各家的趣闻丑事儿，平时也爱唠叨，经常到这个摊位转一会儿到那个摊位聊会天。福泽经常跟那个卖马糊的人打赌，开玩笑说谁如果输了就跑上去拽这个女人的裤子。

这一天，卖马糊的人又跟福泽开玩笑了："你那双两只不一样的鞋甭想卖出去了，干脆就送给那个收破烂的女人吧！或许她还能让你亲一口。"福泽不甘心说："你瞧着吧！这两天准有人买。"他本来已渐渐打算放弃这件事儿了，但这事儿都已被这圈做生意的人都给知道了，他不想失了面子。第二天早早又出了生意，全神贯注地等那个人出现。

上午八九点来了一个抱着孩子的妇女，看上了那种样式的鞋子，试了两只37码的。他知道女人能讲价，故意开高了价格，给人家还掉了几十块钱，卖了出去。装鞋子的时候他背朝着她，偷换了那只39码的鞋装在鞋盒子里。那女人提上包，抱上孩子，走出了十几米，眼看生意就要做成了，但她出于女人本能的细致，低头检查了一下提包里的鞋，又给退回来了。他满头大汗，不停地讪笑着向她赔不是、道歉，希望她下次还能光临。她并不知道这其中的故事所以一点儿也不介意："大热天儿！你们做生意也不容易，出差错难免的嘛！给换回来就行。"

接下来的好几天他都没有再向客人推销那双鞋子。直到一天的傍晚，来了一个老妇人，头发黑白参半，穿着黑底蓝花的薄衫，也许为了防热，她的脖子上搭了一条湿毛巾。那条毛巾原先也许是白色的或者浅橘色，现在上面的软毛都已掉光，只剩下灰秃秃一片薄布，沾了点水，汗津津软趴趴地贴在她脖子上。那个老妇人看上去有点奇怪，表情呆滞，眼睛似乎已经有点不太灵了。也许是脸上皱纹太多，她整个人都显得皱巴巴的，像是洗衣机里甩干后的衣服。

她在摊子前转来转去，也没说看上了哪一双。福泽怕她挑花了眼最后又不买，便给她介绍了那一款。老妇人拿上那只鞋，东瞧瞧西瞧瞧，摸摸底子看看料子，仔细琢磨了半天，接着问：

"什么价?"福泽仔细想了一想,刚要张口回答,老妇人又说:"我想给我的孙子买一双鞋,但是今儿没有带钱。"福泽答了一声:"哦!"便不再搭理了。老妇人把那只鞋放下,整整齐齐地摆在另一只鞋旁边,又看了一会儿,并不着急着走。接着她看见福泽的躺椅旁还有一个小凳子,便坐下来和他喧话。老妇人问:"你家哪个庄子?"

福泽说:"我是大刘庄的,你呢?"

老妇人想了一想说:"我家距离你那里不远,就你那东边小刘寨子。"

福泽说:"哦,原来是本家。我的侄媳妇就是小刘寨的。"

老妇人说:"你侄媳妇是小刘寨的谁?"

福泽说:"刘馨。"

老妇人说:"那你一说,咱俩就近了。我认识刘馨。"

福泽说:"嗯。"

接着老妇人又问了他一些别的问题:"你们家地今年种得咋样?"

福泽说:"今年太旱,恐怕种得不太好。"

老妇人说:"今年我们家的地也种得不太好,不然我的孙子早该回来收麦看我了。"

福泽问:"你孙子在哪儿工作啊?"

老妇人说:"广州。"

福泽说:"我有好几个亲戚也在那儿呢。"

老妇人说:"我们同村的有好几个人这个月要去广州,我买了鞋好让人家带过去。"

而后两人又喧了一会儿话,因为老妇人说她和刘馨认识。福泽犹豫了一会但还是把那款两只不一样的鞋赊给了老太太。他心里稍有不忍,大家都是熟人,坑一个年龄大的老太太不太好吧!可他转念又一想先把鞋卖出去赚了钱再说,大不了再给人家换一回。

老太太走后没多久收垃圾的女人就过来了。她没有推往日的那个铁皮垃圾车,而是推着一个不知道从哪儿捡到的单薄得像纸片一样的婴儿车,那婴儿车脏兮兮的,里面盛放着菜贩丢弃的一些烂菜叶子和土豆,还有一些从路边捡拾塑料瓶子、纸片之类的东西。说是婴儿车不如说是一个带轮子的破铁架子,推起来吱扭吱扭地响。

这女人走路极快,还没到摊子前便开始打探:"那老太太刚才是不是从这儿赊了一双鞋子?"福泽说:"是啊!"那女人听了后一拧眉毛便说:"以后你别卖给她东西了。她有点疯了,到处赊人家东西又不给钱。那些东西她都说是拿回家给她孙子,她孙子在外面打工在工地上摔死了。哪还有什么孙子……"

嫖
客

    胡东是一个奇怪的人。

    他每天晚上十点会准时到德胜门外大街附近的一条地下通道去。站在地下通道的正中央，在正对面放一个老式收音机，一动不动地站着。

    他去那个通道干嘛？为什么要选在正中央站着？

    这个问题恐怕连他自己也说不清楚。

……

胡东是老北京人,从部队回来,一直没找工作,靠着收房租生活。他有两套房子,一套是母亲去世时留下的,一套是因为没有工作作为贫困户申请的。最开始去那个地方只是因为他家附近没有可以散步锻炼的地方,四处都是楼和楼。十点钟的地下通道也没有什么人了,他可以放点音乐,打打太极,活动活动筋骨。但是后来当他又回到地下通道时,却不是因为这个原因。几个月前的一天,他在地下通道锻炼的时候,迎面来了一个女人。那女人见了他张口就问:"你要吗?"这句话把老胡问懵了,他还没有回答,那个女人就上来拽着他的胳膊要走。老胡一脸羞愧,又惊又喜又矛盾又害臊。他推搡开她的手打算拒绝,但话到了口中却变成了:"你等一下,我去拿我的收音机。"

四十多岁的老胡还没开过荤,说来也是奇怪。老胡是个老实人,有好几次都有机缘,但没有胆子。他年轻时爱过一个外地的穷姑娘,父母死活不同意,说人家是图他的北京户口和房子,硬生生地给掰开了,气得他死活就和家里人别着,直到父母辞世也没有结婚。

这个给老胡开荤的女人叫小柴。小柴是个老北漂了,什么都干过,当过餐厅服务员、厕所清洁工、摆过地摊,卖过鲜花。

卖身是她新开发的一种业务，现在还属于新鲜期。小柴做这个是为了给她湖南乡下的儿子娶媳妇。小柴在外漂泊多年，婚房是给儿子盖好了，但现在结婚礼钱多，不多备点不行。小柴是生性乐观的人，她觉得身体是自己的，卖不卖由不着别人来管。等自己回了老家，抱上孙子，在院子里种些小菜吃，还是一个水灵灵的人。

小柴的生意比别人要好一些，因为她脑子灵活性格又豪爽。附近工地上的人，有些钱周转不开的，她也同情。有钱就让他们给钱，没钱呢小柴就让他们用给她干活来抵押。她每天早晨一大早骑车去花卉市场批发鲜花到地铁口卖，要是有谁没钱给她的就替她卖花。因此她发展了好几个卖花的常客。胡东虽然有钱给小柴，但是他不想给。毕竟他白天闲着也是没事，反正没有工作，还不如给小柴卖花，这样日子还能过得充实一些。

小柴会看人，谁想要谁不想要，一眼就能看明白。像胡东这样的，才四十几岁就耷拉着头在地下通道练操的人，准是没吃饱的。一问一个准，她对自己向来很自信。没多久她就把胡东发展成了常客。小柴做生意有个固定的地方，在师大附近的一家小旅馆。这个小旅馆是山东的一对夫妻开的，男的叫刚子，约摸着三十岁出头，女的叫娟子，只有二十几岁，带着两个孩子。孩子的爷爷奶奶也住在小旅馆，当旅馆的服务员。

这个小旅馆在一个小区里面,由一栋两层的小楼和一个车棚改造的杂货室组成,夫妻俩住在由旅馆进门口的大厅辟开的一个小隔间里,并在通往二楼的楼梯底下搭了一间小厨房。二楼是租给常租客住的,一般会有附近的学生、白领以及住不起医院的病人租住。刚子他们的小孩刚学会跑,每天都兴冲冲地跑到楼梯边爬上爬下。小柴对老板挺客气,也很喜欢小孩,所以经常给他们的小孩带一些花和水果。可问题就出在这儿,娟子不喜欢小柴碰自己的孩子,甚至还经常故意找她茬儿。

但是最近几年旅馆生意不景气,刚子不想少了这单长期的生意。小柴给的价格又比别人高,况且还会给他提供一些特别的服务,刚子便压着娟子的气一直租给她。娟子有一段时间回老家收粮食,孩子交给刚子照顾。刚子一忙便甩手给了小柴。孩子从小柴那里不知道怎么的摸到了避孕套,以为气球便拿着吹着玩,后来被娟子知道,气个半死,她便闹脾气叫刚子赶她走。

小柴不想失去这里,毕竟再找一个固定地方做这种生意也挺不容易的,于是只能想办法稳住娟子的心。有一次小柴特意跟胡东提到了这个事儿:"给她钱她也不一定要。她既然嫌弃我挣钱的方式,我给她找一条发财之道呗。"紧接着她又说:"我告诉你她的事儿,是因为我也想给你介绍一个生财之道。我听一个朋友说,有个什么什么发展大会,只要去就给发钱,如果入伙还能日进斗金。"胡东不信这个:"那肯定是骗人的,能发财的话人家早都去干了,还能轮到我们?"小柴说:"没叫你入伙,就叫你去听课嘛。我都跟着去了好几回了,人家是大老板,懂得很多成功的道理,他们需要拍照宣传营造氛围,咱就当观众拿钱。"

过了几日小柴便推搡着胡东、娟子一起去听课,领了一兜鸡蛋、一组茶杯和百十块钱。娟子是靠老公吃饭的,没自己独立挣过钱。她一听说只要听课就能挣钱,便喜洋洋地去了。因为是自己挣的钱花起来有自信,很快她便爱上了这个活动。胡东反正没什么工作,也乐意跟这些女人一起混。一来二去,他们就熟了。

一次组织方有个重要的会议,给小柴、娟子她们一人发了一套西服,结果走的时候娟子不小心把西服外套落在了会议厅。小柴便叫胡东骑车带娟子回去拿,自己一个人先回了家。那两个人骑着车,没想到路上竟然下起了雨,骑车自然会带起来风,娟子瘦有点撑不住伞,导致车子老往一边偏。不一会儿两个人身子都湿了。

天渐渐要黑了,娟子有些害怕,便死死抓着胡东身后的衣服,叨咕着:"以后再也不这么晚出来了。"胡东问她:"你说的啥?"娟子没有回答,他扭过头来看了她一眼。小娟担心自己的衣服被雨淋透了,被他看到里面的衣服不太好,便忽地往他身上打了一拳:"看什么看?走好你的路。"这小小的拳头就像电钻,电得胡东心里一阵痒。他开始不由得越骑越快,旁边的树和路灯纷纷往后撤,风从他的耳边呼呼地吹过,令他感到一丝令人捉摸不透的紧张。他想起自己孩童时代喜欢的五彩风车,娟子飘飞的头发就和它们很像。接着他又想起来某天深夜回家所看到的情景。那天晚上和今天一样黑,他的脚一深一浅地走在巷子里,四处是飘飞的柳絮,月亮把夜空照得很亮,有风吹来,树的影子全铺在墙上,一晃一晃令人心动又感伤。

去会场拿完衣裳,再把娟子送回家,已经很晚了。娟子不让胡东把她送到家门口,怕丈夫误解,便跟他说:"路口有个全时超市,到那里我就下,去给孩子买包痱子粉,你先走吧!"

胡东说:"巷子里黑,你一个人走害不害怕?"

小娟说:"都是孩子他妈了,有什么好怕的?"

"那也得怕啊!女人都得怕,我还是送你吧!"

"不了,就到这儿下车吧!"她下车后,突然想起来两个人只有一把伞,便把这伞推给他:"你打着吧!我从这儿小跑几分钟就到了。"说完便钻进了超市,出来时发现胡东还在那里等她,她不由得扑哧笑了一声,又转身回到超市给他买了包烟。

胡东接过她的烟，不好意思地笑了说："这么客气干嘛？"

娟子说："感谢你来回送我嘛！"边说她还边想着，这么晚了老公也不知道给自己打个电话关心关心。

胡东说："上来吧，还是把你送到家门口比较好。"

娟子没吭声把腿迈到车子，撩了一下裙子才迟迟说了一句："被老公看见了不太好嘛！"

胡东说："看到又怎么样？我们又没干什么。"

娟子说："也是。"

胡东说："坐好了吗？要走了，等下你到家，赶紧洗个热水澡，别感冒了。"

娟子说："等一下，我擦一擦甩到脚上的泥。"

胡东便回过头看了一眼娟子的腿，又细又长，像一节莲藕，而后顺着腿往上瞧了瞧，抿了抿嘴。

娟子说："瞅什么呢？"

胡东说："没什么。"

车子仅骑了一分钟不到，便到了娟子家的小旅馆，她下了车后，跟胡东挥手说了声："再见！"胡东伸出一只手在她头上轻轻地拍了一下说："再见。"然后就飞一样地骑着车走了。

娟子回到旅馆后，见老公挺着啤酒肚瘫在一张椅子上，两眼一眨不眨地盯着电视看，面前还有一堆等着她收拾的碗筷，气便不打一处来。她对刚子说："我回来这么晚，你也不知道关心。吃过饭也不知道收拾，大厅弄的都是味儿，还做不做生意？"刚子感到很纳闷，心想她怎么了，自己平时不也这样。他瞪着眼睛想朝她吼一嗓子，但忍住了。尽管不情愿，娟子还是走到了丈夫面前收拾起餐具。她把碗筷分门别类，而后弯下腰捡落在地上的啤酒盖子。见她弯下腰去，刚子便朝她弯下去的腰上空白之处，象征性地对着空气扇了几巴掌解解气，才继续乐呵呵地看他的电视。娟子收拾完地上的东西，便抱着餐具往厨房去，刚打开门就被里面的油烟味给呛到了，她想一定是老公炒菜用油过多了，便回过头朝大厅的方向嚷嚷："炒过菜也不知道开窗散散味儿！"刚子听见厨房那边有一点儿声音，但并没有搭理。娟子也知道他不会搭理，快速地洗完厨具便去洗澡了。

她先打开了淋浴，用喷头把洗手间简单冲刷了一遍，直到房间里飘满水雾，才开始脱衣服洗澡。当她的皮肤触到水时，因水温过热而不由得全身颤抖。她想起胡东临走时拍她的那一下，莫名其妙地有点高兴。隔壁客房里不知道有谁放起了音乐，歌声隐隐约约透过墙壁夹杂着水声传到她耳朵里，很舒服。她痴痴地看着自己脚，想起胡东盯着她脚看的那一幕，水呼啦地往下冲，像白云一样包围着她的腿，令她感到下体氤氲潮湿。

她把手伸下去，扶着墙壁哼唧哼唧像一只在山上放养的小羊羔奔跑起来……

自那次以后胡东和娟子越发地走近了，小柴经常给胡东一些花叫他带给娟子回去装点旅馆。两个人暧昧来暧昧去，就是没有什么实质性的进展。胡东比娟子大了十多岁，看上去就像她爹一样，他不敢轻举妄动。然而他越是不走近她，她就越发耐不住性子要去找他。小柴嗅到了这两个人中间细微的变化，她有一些着急。但她也不清楚自己究竟要不要着急，她想起她还在做姑娘时，经常去林子里的一条小河洗澡。那时她一直很想知道那条河从哪里流过来的，那条河的水美得就像月光，远远望过去看不到边。她曾经有一次顺着河往上游找过，来到一片绿得发黑的大森林就不敢再往前走了。大概是年龄也渐渐大了，她越来越喜欢回忆从前的事情，特别是有关于那条河的。她经常拍着自己的大腿感慨，大概我这一辈子再也找不到那么清澈的河了吧！

一日小柴和胡东睡觉，躺在床上没事小柴便趁机试探他："你不会睡了人家老婆吧？"

胡东摸着她的头发说："我要是有那个胆子早就不是单身了。"

小柴转过身趴在他身上又问："还没睡过？"

胡东亲了她一口说:"手都没牵过!"

小柴捏了捏他的脸说:"实际上这也不是啥大事,问题在于你想不想要?"

胡东推开她的手说:"想,但是又不想。人家一家人过的好好的,给人家拆散了怎么搞?"

小柴把腿跷在他身上说:"睡睡觉又拆不了,只是你对她有了感情而已。"

胡东看来她一眼说:"那我能怎么办?"

小柴又捏了他一下说:"你就告诉她,我把她老公睡了。她就是你的了。"

胡东干笑了两声说:"她又不像你,赖上了怎么办?我又不能对她的家庭负责。"

小柴也笑了:"赖上了你就偷着笑吧!天下谁像你,在北京有两套房子,还没有女人。"

胡东又问她:"你有办法?"

小柴轻蔑地笑了一声:"当然有。你求我,我就告诉你。"

胡东说:"我求你。"

小柴说:"怎么求?"

胡东撅着嘴把一只手伸入她两腿之间说:"就这样求。"

小柴打了一下他的手,然后把事先想好的主意告诉了他。

隔了几天，小柴果然帮胡东以打麻将为由把娟子约到了一个地方。那个地方有一点奇怪，像是某人的居所，在一条狭长的胡同里面，给人的感觉私密又简陋。小娟按照小柴发给她的地址找到地方之后敲门进去，却发现里面只有胡东一个人。她立马就知道情况不对了，但并不着急着要走。她很久没有单独跟一个异性相处过了，对于现在这种紧张又私密的环境，她甚至还有点享受。为了缓解屋子里这种奇妙又尴尬的处境，她尝试着问了胡东一些很日常的问题，比如"你吃饭了吗？""你穿的这件衣服什么料子？"甚至明知故问："不是说好了打麻将吗？其他人怎么还没到？"而胡东就像是一开始就准备好了似的，直接上来了就告诉娟子，刚子和小柴睡过了。娟子听了之后恶狠狠地咬了一下嘴说："我就知道有那事儿！这个臭娘们，几十岁的人了还打扮得这么骚，就得赶走。"胡东说："一个巴掌拍不响，你怎么不怪你老公，这也是人之常情。"娟子便不再说话了，隔了一会儿竟然抽泣起来。胡东便不知道怎么办了，他开始哄她："你别哭啊，你别哭啊！"刚说过，娟子便哭得更凶了，边哭边自言自语地说起了话："我容易吗？带两个孩子，还要收拾宾馆。"胡东说："不容易啊！大家都不是容易人。"说着便把一只手搭在了她的肩上，用另一只手替她拭去泪水。

现在吻过去，似乎还快了点，但是他能感觉娟子也想要，他们俩的喉咙都有点发紧，不吻过去不行了。他横过身子把娟子压在下面，用双腿劈开她的腿，在她身上摸索开了。做爱时胡东脑海中出现了一个奇怪的画面，蒙眬中他感觉她的胸变成了一片荒漠，他像一条小蛇一样在她的周身游啊游啊游，却怎么也钻不进去。他有些恍惚，似乎觉得有什么不对劲，但又不知道那是什么。娟子这时已经不哭了，她觉得胡东就像是一只来自极地的鸟儿正朝她身上呼呼地扇着风。突然之间她感到一种莫大的欢乐，但这欢乐之中又有一种极度的苦涩，像某种冷兵器反射出的寒光，从她身后朝着她的心脏射过来。她欢快地叫了几声，而后朝自己身后的窗户看了看，果然瞥见小柴正躲在窗户缝里盯着他们看……

一家人

　　雨才刚开始下，地还没有湿透，操场上泛起了一层薄薄的黄土。雨点很大，砸在地上留下了一个一个的小坑。越过学校的防护网向远处看去是一片不小的杨树林，树木长得很大，叶子绿得发黑。绿荫环绕的操场显得阴沉又安静，这个操场原来是一块坟地，原本的操场被扩建为宿舍楼了，学校只得把墙头外面的一块坟地买回来拆了改建为操场。并把原本坟地旁边的一栋护林楼一并买来，改成了教职工宿舍。

老师们在职工宿舍楼下，靠着防护网开辟了一片窄窄的菜地，养了几只小鸡。夜里常有黄鼠狼穿过防护网的网眼来偷鸡，弄得一片狼藉。养鸡的老师建议学校把防护网改成围墙，而学校本来就不喜欢小鸡仔在他们刚修的跑道上拉屎，便不去管。玉莲的女婿小魏在学校就是管理这块的后勤人员。

最初的时候小魏是学校的厨子，人敢闯又能说会道，不知用什么法子挤兑走了原来的承包商，承包了这个学校的食堂。当了老板以后不用做饭了，因为除了训斥训斥员工没有别的事儿，就顺带着干起了后勤，干后勤没几个月又去教起了书。有一次他的老婆生病了，他替她看了几节课晚自习，顺手从学生桌子上翻了几页初一语文，厨子小魏心思一动开始教起了初中。

当玉莲的女儿——素女穿过这片小菜地中间的小道回她的宿舍时，小魏班上有两个男学生正坐在操场的站台上等一场雨停。而小魏正和其他厨子三三两两的一起站在食堂四楼逼仄的楼道边，往下俯瞰那些从教室里冲出来的女孩子，高高低低、起起伏伏、跳动着的桃子一样的胸。

兴许是雨下得过于细密而显得漫长，这两个无聊的小男生开始讨论这个刚刚经过操场的女老师穿着什么样子的内衣。一个说:"那多明显,肯定是白色的。她那么喜欢白色,什么都是白色。裙子是白色的,鞋也是白色的。"另一个说:"这一不定哦,从裙子透出来的一点点颜色上看,有一点粉粉的唉。说不定是粉红色。"

"你怎么知道是粉红色?你看过?"

"没有。"

"我也没有,你敢不敢去掀她的裙子?"

"敢啊!有什么不敢的!"

"那你去啊!"

"凭什么我去?你怎么不去?"

"你说你敢的,你证明给我看!"

"靠!还下着雨呢,你舍得我淋雨?"

"我怎么不舍得。你去啊,你去啊!你不是牛吗?"

"我就是牛,我牛我也不去!"

"靠!"

不一会儿两个人竟然因此骂了起来,然而此时操场看台上又没有人,无人劝架,搞得两个孩子都不好收手,只得死撑着面子继续骂下去。

最后变成:"你给我等着!"

"你给我等着!"

"我等着就等着!"

"你别以为我不敢拿你怎么样。"

"你能拿我怎么样?"

"你等等试一试!"

"我等着就等着!"

……

骂着骂着也许其中一个人烦了,只好打了起来。还没打两下子,有一个老师经过把他俩逮住了。带到训导处去问,为什么打架。学生起初还不说,罚站了一下午,只好招了。从此以后,素女穿着什么颜色的内衣就成了学校里秘密流传的段子。传着传着这个故事就大变了样,变成了女老师色诱学生。不知哪天,有个别有用心的人把这个故事传到了小魏的耳朵里。

那天晚上小魏吃罢饭一声不吭锁上门,就跟素女打架。他边打自己的老婆边问她:"你知道自己为什么挨打吗?"素女当然不知道。那小魏只好还继续打,她当然还是不知道。加上一些日常琐屑的积累,两个人越打越来劲了。一开始两人只是摔碗、砸盆,后来小魏一股脑把素女的衣服全都从楼上扔了下去,并给他的丈母娘打电话叫她带着她滚!素女莫名其妙挨了一顿打,也不知道自己犯了什么错,委屈可怜,一时间都想到了喝药死,但这么死了又不甘心,便躲在娘家一直不去上班。

素女的老家在一个偏僻的小乡村，她刚回去两天就已经不习惯了。四处都是虫子，又没有地方睡，只得还和她妈挤在一张小床上。玉莲在镇上一家小餐馆打工。嫁给小魏，是玉莲给女儿出的主意。现在她挨了打，自然第一个要怪罪的就是她妈妈。玉莲给她做好饭，端到面前也不吃。劝她回去，说好话安慰她，她要么玩手机要么装睡，横竖不搭理。玉莲在家陪了她闺女两天，便又去上班了。玉莲觉得夫妻打架是常有的事儿，她不仅不在意，反而对女儿回来陪她住两天感到开心。现在她更担心的是自己，愈加衰老、肥胖的身体。

从五十五岁开始，玉莲的大脑就一片空白了。她不会玩手机，不喜欢看电视上的娱乐节目，去城里也不会坐地铁。如今孩子也都各自成家，她和大多数这个年龄的人一样突然就变得不知所措了。她经常会叨念着一句话："吃炒菜上楼！"就算是在自家洗碗也会默默叨念着："吃炒菜上楼。"在餐馆，她常常保持着一种姿态——身体斜着，挺着肚子，蝴蝶骨压在玻璃门上，双手背在后面，有时也怀抱着自己，来一个人，她就极不情愿地抽出一只手拉一下门，说一句："吃炒菜上楼。"吃炒菜上楼，这是她说过的最多的话，密集得像雨点，已铺洒满全身。她这一生，一个漂亮的词都没有，连名字都不漂亮，所有的一切仅用一句话便可概括，吃炒菜吗？上楼。当她逼迫女儿嫁给小魏的时候，反复也只说一句话："人家手上有钱。"

玉莲厌倦了她的丈夫给她的那种生活：开着一辆带个大斗子的三轮车，车子上裹一袭破棉被，春天卖桃子，夏天拉瓜，拉到哪里卖到哪里，居无定所，风吹日晒。丈夫去世后，她到一家餐馆里当服务员。小魏那时候就是这儿的厨子。没想到才过几年，人就发达了。从那时起，她就一直想把女儿嫁给他。女儿嫁给他以后，玉莲高兴了好几个月，又猛然间陷入一种巨大的迷茫。她不再缺钱，每个月发了工资数一数，存到银行，不知道怎么花。这个世界不再有一个谁是属于她的了。去年四月的一天，她突然疯了。在餐馆里给客人端盘子，端到一半，突然拿起刀要出去砍人。都是乡里乡亲，没有人报警，押到医院里打了镇静剂，便送回家休养了，休养好了以后，又回到餐厅干活。

人是被事情催着过活的，没有人催她，玉莲便觉得六神无主。这一天玉莲念了一天的吃炒菜上楼，明明有很多活要做，却还是觉得没干劲。回家的路上她就一直摸着自己脖子上挂的玉佩，求求老天给她找点事情做。等她回到家以后突然发现素女吐了一地，觉得很不对劲，便打电话叫小魏过来。老婆这么久没回家，小魏自然想得慌，想想自己无端相信流言觉得好笑又好气，但拉不下脸主动道歉。只等他丈母娘喊他。他丈母娘一给他打电话,他那边就火一样地跑过来了,路上还抱怨她素女生病了,不早告诉他。

　　三个人,两前一后的去了镇上的卫生所。一检查,素女怀孕了,大家都吓了一跳。玉莲一边感谢菩萨,一边赶紧地回家杀鸡炖汤给女儿喝,路上路过一条呼啦呼啦响的小河。她忍不住停下来看了一会儿河。她不知道什么是美,只是被河水中那种含糊不清、流动的、无息无止的东西吸引住了。这么说可能有点突然,但她确实是被感动得泪流满面。风从不远处吹了过来,玉莲头上的刘海上扬了起来,她低下头用手捋顺它们,像刚从一场大梦中醒来……

出走的女人

A

晚风吹过西海湖,水面上泛起一层层的水波,阳光洒在上面像细碎、欢快的小花,又像一个隐藏在破碎镜中的梦。湖面上有几只野鸭子,三三两两依偎在一起,往湖心处游去。湖水绿得发黑,靠近岸边的地方飘着些许绿绿的水藻,有点腥臭又有点迷人。王晓雯定了定神儿朝湖对岸望去,湖四周的商店鳞次栉比,游客稀少得像一块块灰色的小石头。她有些想不明白,这么大一个湖为什么会挖在一家超级市场的后面。

她绕着湖走了半圈,进了一家叫吴先生的面馆。此时吴先生正倚在柜台边上,认认真真地抠指甲,他从身旁边的绿萝上揪下一片发黄的叶子对折一下,用叶子中间稍有些坚硬的叶脉将指甲里的垢剔出来。吴先生的儿子紧贴在他身边,拿着一个古风扇子扇着。他的儿子叫小胖,小胖不仅脑袋圆圆的,眼睛圆圆的,脸圆圆的,肚皮也是圆圆的。

这时正好是下午三四点,热得要死,没什么客人。店里只坐了几个散客,喝着冰冻啤酒,点了盘花生米在打牌。吴先生的面馆铺子不大,有两间门面,四四方方像个小抽屉,带了个小隔间用来当作杂物室,吴先生把厨房和餐厅用一道左右推拉的玻璃门挡着,门口挂了一块咖啡色的布,上面写着"招人"。尽管店铺不大,吴先生还是想办法摆了好几张小方桌。每张桌子都由黑红两块玻璃组成,上面印着一些奇怪的花纹,像扑克牌当中的老K。

王晓雯叫了一碗臊子面,坐在风扇边吃了起来。她的后颈上刚好有一撮头发没扎住,被风扇追着四处跑。她又累又饿,顾不得这么多,边吃边把头发别在她的耳朵后面,风又吹过来，她只好又别起来。反复多次。吴先生热得有点发呆，愣愣地盯着她的那绺像小蛇一样四处乱钻的头发。汗水顺着她的脖子四处流淌，爬来爬去。吴先生突然有点不好意思，便不再看去。这时晓雯抬起头看了看他说："老板来瓶冰冻的汽水。"

吴先生热得不想起身，便推搡着八岁的儿子给她拿汽水。小胖撅着嘴，尽管有点不情愿，但还是起来给她拿了一瓶。吴先生是陕西人，在外漂了很多年才有了这家面馆。尽管一切都是租的，他还是把这儿看成自己的全部。他家的菜价格实惠，面又很劲道，因此生意很好。他自己忙不过来，招了一个年轻的小伙子给他做面。他的老婆在店里给他打杂，主要负责刷碗。他自己买菜、送餐。他还想招个干净利索的女人，帮他收钱照顾客人。

他老婆是从贵州那边的人贩子那里买来的。黑女人，他常常这样称呼她。黑女人看起来有点傻乎乎的，她和吴先生语言有点不通，长得也不漂亮，给他生了个儿子后，他便不再管了。吴先生一年仅带她出去一两回，到金店洗修一下她因长期刷碗而变得脏兮兮的戒指和手镯。再者就是要过年了，给她添一两件新衣服。

晓雯吃罢了饭，从包里左翻右翻掏了二十块钱，打了一个饱嗝，呆坐了一会儿才把钱递过去。吴先生笑着收了钱，用陕西口音客气地对晓雯说:"吃好了没?"晓雯也学了一声:"吃好嘞!"天太热,她还不想走,况且她还有事儿没做。她的眼就像个钉子插在那个小男孩的身上,随着他左右跳动而欢快不已。她唤小胖过来,小胖没有理会。小胖紧紧地搂住爸爸的胳膊,歪着头,倚在爸爸身上。晓雯又唤了他一遍说:"过来呀!你这么可爱,让阿姨抱抱呗!"小胖还是不动,吴先生不好意思了推了推儿子说:"你看!人家叫你呢?你咋不回答?"小胖不好意思地低了低头,抿着嘴笑了一笑,飞快地跑了出去。

这时晓雯盯着布帘子看了看才把想说的话说出来:"你这也招人?"

吴先生说:"招!"

晓雯说:"你看我行不行?"

吴先生扫了她一眼说:"咋不行?咱不挑人,工资不高,会干活就行。"

晓雯简单问了问具体的情况,便决定留了下来。

B

不留下来,她也没别处可去。没错,王晓雯又离家出走了。有一天,做饭做到一半晓雯和丈夫打了起来,趁他出去干活的间隙王晓雯跑回了娘家。本来只预备着跑出来两天，等丈夫着急了再去接她。结果那个混蛋迟迟不来，一点动静都没有。晓雯的脑海里只要回想起他的话，便会感到腹部一阵绞痛，他说："你除了生孩子还会干嘛？一天天在家闲着，光指望我挣钱给你花是不是？你要是能给我生个女儿，我也不用这么辛苦挣钱。"晓雯越想越生气，恨不得立马搬个大石头把他家砸个稀巴烂，证明一下自己。

她窝了一肚子火没处发泄，心想你不就是不在乎我吗？这次我走得远远的叫你找不着，于是便随便拉扯了几件衣服，背着包就往马路边上跑，随便拦了一辆车，也不管是去哪儿。等上了车，才发现口袋里只有星点零钱。

售票员问她："你去哪儿？"

王晓雯张口就冲着他说："随便。"

售货员说："随便是哪儿？"

"我不知道。"

"你不知道，那我怎么收费？"

"我没钱。"

"没钱还来坐车？"

"我就是没钱，我想出去。"

"我卖了这么多年票，可没见过你这样的人啊！没有钱，还不知道去哪儿?"

"我就是没钱,我就是想出去,这儿啥都没有,我老公也不要我了。"

说着说着晓雯的眼泪就掉下来了,她捂着脸趴在前面座椅的靠背上,任售票员怎么说也不动。售票员的脸铁青,单手叉腰傻站着,也不知道说啥。周围的乘客见有人哭了,也纷纷把目光投了过来。售货员在这种奇异、复杂的目光下站了一会觉得很难受,摆了摆手说:"大伙儿瞧见了啊,我可什么都没做啊!我就是问她要票钱,乘车总要票吧?她也不知道她要去哪里,你们说咋办吧?"

晓雯没接腔,一只胳膊垫在额头上,一只胳膊耷拉着,接着趴在椅子背上哭。见她哭得有点厉害,旁边有一位乘客就说:"肯定是跟家里人生气了偷跑出来的,所以不知道去哪儿。你扶扶她,天气热,别叫她哭晕了。"售货员架着她的胳膊,像抬一个肉架似的把她摆正,让她背靠在椅子上。晓雯整个过程都闭着眼睛,脸哭红了,嘴里嘟囔了几句,似乎还有点享受。又有一位乘客说:"你就别收她票了,我们大家伙就当没看见她不就成了。"售货员挠了挠头走到车头跟司机商量了几句,又回来对王晓雯说:"你今儿碰上我了,算你走运,你别哭闹了,不收你票了,你爱到哪儿到哪儿。"说着他转过身去走了两步又扭过来头说了句"小心别迷路了",才回过身走开。

晓雯哭累了,把衣服后面的帽子翻过来盖在头上睡了一会儿。等醒来时,便到了这里。她身上没钱,只得把结婚买的金戒指当了换点钱花。她找了一家每日二十元的小旅馆住了下来,开始在街上拿着各种宣传单找工作。这天中午她左摇右晃地来到了西海湖前面的那家商场。天气太热,她进去乘了会凉,在电梯旁的阶梯台阶上打了个盹。这时一个年纪和她差不多大的妇女朝她走了过来:"姐妹儿,你累了吧!要不上楼上歇一会,还可以免费领取一贴面膜。"

晓雯皱了皱眉头:"我不去。"

那女人顺势把她拉了起来:"咋不去呀,免费的。"

晓雯便问:"当真免费,都是唬人的吧?"

那女人说:"真的啦!"

晓雯摇了摇头说:"我还是不去了。"说着便又坐了下来。

那女人有点不耐烦了:"大热天儿,我这么辛苦招呼你,真是好心没好报。不也就想叫你好好休息一下嘛!你不去领就不去领,只帮我上去投个票就好了。"

晓雯红着脸显示出一些乡下人特有的害羞,心想去就去吧,大不了花个几十块钱。

那个女人说的免费领面膜的地方,是一家很小的美容院,在商场内衣区某个偏僻角落开辟的一个狭长过道里。进门便见着有两个打扮入时的年轻女孩坐在柜台里记账,柜台上供着财神爷。财神爷前供奉的香烛飘出星点幽香,使得这个刷着粉漆装饰得过于可爱的地方显得有点诡异。

那女人把她领到大厅,招呼了一个叫梅梅的女孩,又带她来到一间仅能放一张按摩床的屋子里说:"你就躺在这儿吧!我给你做做皮肤测试。"晓雯卸下包紧紧攥着自己的手里的手机,生怕弄丢了。梅梅问她:"姐儿,你是哪里人啊?"晓雯默不作声,紧紧抿着嘴不敢说话。梅梅一边给晓雯按摩脸部,一边自顾自地说话,她说自己是河南人,住四环外面,每天上下班两个小时。接着梅梅又问晓雯住哪儿,她胡诌了一个地名,两人便聊了起来。聊天聊到一半,梅梅便开始说正题了:"姐儿,你看你这皮肤的毒素这么多,多要命!我再不给你好好清洁清洁,你下半生都不敢照镜子了。"说着话梅梅递了一面镜子给她,叫她照照。

透过头顶射来的幽暗的光,晓雯看到自己的半边脸不知被涂上了什么,乌青一片,心里莫名地感伤起来。接着梅梅又说:"你看你这脸,男人看了能上心吗?你得好好打理才有人看。"她说话的语调突然变得有点怪异,令晓雯心里有些不适。晓雯想起自己的男人,做爱时暗得发黑的眼神,心像被电了一下有点发怵。她用自己几乎也听不见的声音问:"那我能怎么办呢?"梅梅说:"没有丑女人,只有懒女人。你多在我这儿做做护理,时间久了就会有改善了。要不你办张卡,现在正搞活动。"

晓雯问:"什么活动?多少钱?"梅梅说,"十二次护理,才两千块钱。"晓雯攥紧了自己的手,心想我不是上当了吧!梅梅接着又噼里啪啦说了一大堆话,叫晓雯办一张卡。晓雯不由得冒起了汗,脑子里乱成一团麻说:"我也是刚来这儿,还没找工作呢,没有余钱办卡。"梅梅便不依不饶了:"办半张卡也行啊!刚开始我们不是聊得挺好的吗?我觉得你这姐妹也不错,你不会叫我辛苦了半天,白忙了吧!"晓雯慌忙起了身,整理了一下自己的衣服,清洗掉脸上的东西,便要走。梅梅白了她一眼说:"没有钱,来这里干嘛呀!"晓雯气了:"还不是你们拉来的?"梅梅说:"你就这样走了,能走出去吗?你至少得给我一个本钱吧!大热天的,谁干免费的活。"

晓雯又想哭了,她心里一阵凉风,冷飕飕的。但她突然又冷静住了:"我还在这儿陪你聊了会天呢,你要不要付我费用?"梅梅没有立刻回话忽地神秘地笑了一声,低着头踢了一下她的鞋子:"你还没找到工作是吧?要不我给你介绍一个,活少钱多。"晓雯瞄了她一眼,有点心动,但还是忍住没问,能有什么活钱多还不累呢,她心里清楚。晓雯深吸一口气,从按摩床上站了起来,捋了捋头发,穿过狭长的过道起身走了。

当王晓雯重新回到刚才乘电梯上来的地方时,忽而感到有些恍惚,因为她觉得自己似乎是第一次来到这个地方。她站在电梯口上往下看,来来往往的人,没有一个是她认识的,心里不由得有些发紧,默默地想:"要不给老公打个电话?"但转念想起,那男人对她说的那些话,瞬间又燃起了奋斗的火焰。又转悠了一会儿,感觉有点饿,才想起自己到现在还没吃饭,围着湖找来找去来到了吴先生面馆。

C

王晓雯去吴先生面馆吃面,其实是因为看到了上面的招工广告。她在门口观望了一阵子,见有女人刷碗,有厨师做饭,若是再招人干活估计也就是整理整理店面、收收钱,活不会太多,便进来了。吃了一碗面后,商定了活,她感到很满意,但她又很想问刚才那碗面能不能免费,张了几次口都没说,那也就算了。掌柜是个老实人,给的工资也实在,干了几天后,大家彼此满意。一来二去熟了,这才聊起各自家里的事儿。这时晓雯才知道,黑女人就是他老婆。

又过了几天晓雯退了旅馆的房子,把杂物室收拾干净,住了进去。等工作稳定了，活也干得顺手了，她才想起自己已经有很久没有往家里打过电话了。这期间她老公有给她打过几次，她要么不接，要么说去自己湖南同学家玩去了。夜里她偷偷地抹过几回泪，躺在西海湖边她觉得自己就像是一个无人看管、顺水漂流的小舟。

白日里干工闲的时候，她想找人说说话。厨师太小，黑女人太闷，只能和吴先生聊，时间一久该唠的家常都唠完了，彼此都不知道该说什么。过了一个月，发了工资她给黑女人买了礼物。大家坐在一起热热闹闹吃了一顿晚饭，结束之后又各自回到各自的床上，没有任何贴心的交流。从那天起她越来越睡不着了，她感觉黑暗之中有一股什么劲儿正不停地将她往下拉，那股劲儿势力很强，似乎还要誓死将她拖垮拖死为止。为了抗拒这种无聊，她甚至故意在白天做事儿的时候找点茬。把东边桌子的炒土豆丝端到西边的桌子上，把客人点的糖醋鱼写成麻辣香锅。恶作剧做了好几回，她等着吴先生来责怪她，然而竟都没有被发现。

看别人一闲下来就玩手机，她也叫小厨师给她下载了几个手机游戏玩。为了报答他，晓雯邀请他下了班一起去逛夜市。厨师没去，他感觉跟她在一起像多了一个妈，烦。又过了几日，她甚至跟那些年轻的小姑娘们学起了穿包臀小短裙。她在夜市里淘了很多件这样颜色艳丽、价格低廉的裙子。她还买了在家里见不到的那种薄的、透得像纱一样的蕾丝上衣。她在店里见别人穿过,她也想有这么一件与众不同的衣服,让人有同她说话的欲望。

一次,她穿了一件白色V领体恤衫,里面故意配了西瓜红的内衣,有一点透,下半身穿了一件紧身的低腰牛仔短裤。远远看上去,微微透露出一股熟透的番茄所发出的气息,叫人以为她只是个有点发胖的姑娘。最先发现她这种变化的,不是黑女人,不是吴先生,而是小胖。他总是红着脸下意识地往晓雯怀里钻,或者偷偷掀一下她的裙子,叫她没好气的说一声:"出去玩去!"小胖被她赶出去,顶多停个十分钟然后又回来捉弄她。

晓雯的这件上衣有一点短,所以当她给手机充电时不愿意弯腰,只能坐在椅子上,用两只脚夹住充电线,一直往上抬,直到她的手能摸到为止,结果她的手一滑,充电线又掉了下去。吴先生看到她这个动作有一点怪又有点可爱,便一步飞上去弯下腰给她拾起了充电线。不知是有意还是无意,他朝她那微微露出的像雪一样的酥胸瞥了一眼,两人对视了一会儿,脸都红了。晓雯很会收拾东西,干活也利索,经过她一番打理,店里焕然一新。她也比黑女人会打扮,尽管有时抹的粉有些过白了,显得僵硬。加上她读过初中又识点字，可以带小胖看一些图画书，吴先生特意给她加了薪水。当晓雯攒够六千块钱，到银行把钱打到丈夫的卡上时，她才骄傲地拿起电话跟丈夫说自己出来打工了。晓雯跟丈夫磨磨唧唧说了一圈，从地里的草一直嘱咐到家里的狗，交代了一圈琐碎事儿，也没好意思问丈夫想没想她。挂了电话，她有点失望，便在西海湖边散起了步，为了消遣，她开始捡路边的小石子砸湖中的野鸭子，直到它们都四散开来游得远远的才罢休。

一天晚上有个客人喝醉了，摸了一把晓雯的屁股。她先是一惊，后来又喜，等再反应过来便火了，装作要拿啤酒瓶砸人家，被吴先生拦了下来，他不愿意惹事。人家也自知不在理儿，赔了几百块钱匆忙地走了。吴先生怕晓雯难过，又多给她添了两百，早早关了店，叫其他人先回去。开了两瓶酒，亲自下厨做了几道菜，陪她在西海湖边坐了一会儿。

风扫在这两个人的脸上，略微有些凉。天色出人意料地好，黑色的夜空泛着一点蓝，有半牙新月挂在上面。不时有几只灰麻雀从浩渺的天空飞下来，停在距离他们酒桌不远的地方啄食，而后又飞走融为黑色星空中的一个小点。晓雯看着那些鸟儿离去的背影有一些感伤，她想家了。

没喝多久她便佯装成很醉的样子，眯着眼盯着自己的酒杯，用手摇晃起来说:"我……自己从来没有出过这么远的门。"吴先生没有答话,自顾自地吃着菜,他把每一口菜都嚼得很细致,生怕自己沉不住气。晓雯又嘟囔了几句说自己的丈夫不疼自己、生活辛苦之类的话,吴先生也应和着,并不吐露真心。见他不理,晓雯来了劲,故意把酒撒到了桌面上,叫吴先生帮她拿抹布擦。夹菜时又故意没拿稳筷子,弄脏了胸前的那片衣服。吴先生盯着她上半身直直地看一会儿,才把眼睛移走。

两人左聊了一句又聊了一句,晃悠到了十点半。这时桌子上的菜也吃得差不多了,吴先生深深吸了一口气又叹了出来,心想终于可以收拾碗筷了。他们把桌子抬回餐厅里,晓雯负责桌子把抹干净,吴先生负责刷碗。当他打开水龙头时,晓雯进来拉着他的手说:"我来洗,你赶快回家去吧。"吴先生笑着摆开她的手说:"我来洗吧!"晓雯也笑了,向他抛了一个媚眼说:"你醉了。"吴先生说:"是啊。"然后又拉起了她的手,把她拥在怀里抱了几分钟。吴先生听到自己的心跳得怦怦响,他有点疑惑,他努力地企图想起黑女人的模样,但脑子里一片空白。他觉得黑女人就像一块铅,压在他身上沉沉的,而王晓雯多少像个女人。

当他把她抱在怀里的时候,她是得意的。但当他把手伸到她的胸上用力地抓了一把之后,她又感觉每个男人都那么邪恶。

她也想起了黑女人，她很清楚地记得她那张扁平脸，感到生命中某些无限可悲的东西在向她迫近，这一瞬间她突然又不想要了。她想象黑女人和吴先生睡在一起的样子，有一点泄气。她开始想要挣脱他的手了，但他的吻像小锤子一样死死地砸在了她身上，叫她感到有一点窒息。其实最开始，她只想要一个怀抱。很遗憾，马上要多一张床了，于是她便想要想个办法整整这个男人，她抓着他的手不让他乱摸，附在他的耳边对他说："到我房间里，先把裤子脱了……"

在那种情形下谁也经不住那样的话呀！吴先生只好照办了，晓雯起身拿了剩下的半瓶白酒对他说："干了它，我就是你的了。"吴先生说："喝不来了，已经醉了。"晓雯说："你不喝是不是？那我喝了。"她举起瓶子，仰起头，抿了一小口。而后低下头冲他笑了笑，吴先生只得接过她的酒瓶也打算只喝了一口。但当他以同样的动作仰起头时，晓雯使劲按住了酒瓶，吴先生想挣脱又使不上力气，他的一只手费力地摆动着，一只手被晓雯压着，表情狰狞得像个快被淹死的人。酒水顺着他的脖子哗啦啦地往下淌，弄得他浑身湿哒哒的，像一坨酒槽里的米渣。

喝完这半瓶酒他也就倒了，呛出来了一大堆呕吐物，吐在了晓雯的被子上。她有点气，又很傲，像拖半扇死猪肉一样把他拖到了自己店门口前的垃圾桶旁边。趁着夜色，晓雯搜罗完店里的钱，收拾了行李打算回家了。当她要拉下铁门时，看见吴先生背靠在墙根，头耷拉着，蜷缩成一团，似乎有些冷。她又拐回去，把裹着呕吐物的被子拿出来，轻轻盖在他身上，遮住他的下半身。她要给他留点面子，因为她知道，等第二天吴先生醒来发现自己头痛欲裂，正躺在自己的店门外面的垃圾桶边，周围怀抱着垃圾、苍蝇、西瓜皮和馊饭时，他将用毕生的时间来思考这天晚上究竟发生了什么。

我的睡眠在你乳房上膨胀

洪嫦姑又来了。

这世界有千千万万种面孔,而这千千万万种面孔中,我最怕的就是她那副:丹凤眼,嘴唇又薄又扁,下眼睑有一颗痣,高挺的鼻梁直立在坍塌的五官中间,像截断了一半的桥梁。染的黄得像烧焦的头发,眉目里有股哀怨之气,说起话来嘴唇向外翻腾,活活像个老鸨。第一次见她时,我才十五岁。如果当时她是真心情愿地想给我爸生个儿子,还是有能力的。

最初那几年她至少愿意瞒着我爸,说自己已经离了婚。现在连哄也不愿意哄了,直接就跟我爸要钱。每月十五号他俩必吵一架,那是父亲发工资的日子。她要把那些钱尽可能多地要回来,寄给自己家里的丈夫用来给小儿子盖房子。最初父亲和母亲离婚同她在一起,是以为她能给自己生个男孩的。现在全敞开了,父亲也知道自己这个年龄想要个男孩的几率微乎其微。父亲有过三个孩子,都是女儿。他把洪嬸姑打走了好几次,但每次把她打走后又酗酒、流泪,不停打电话求她回来。没有人说破,但我们心里都清楚,如果这次洪嬸姑再离开,就不会回来了,因为父亲已经什么都没有了。

她回来的那日,预报说有雨,我在屋子里昏天暗地睡了一整日,也没听着。父亲是下午出去接洪嬸姑的,两人逛了一会儿商场。到了晚上父亲叫我去市场吃大排档,给洪嬸姑接风。为了日后能好相处,我洗漱后出了门。我们租住的小区正赶上整修,地上挖的都是坑,工人在坑口盖着一块铁皮,供人走过去。人走在上面啪嗒啪嗒响,道路泥泞,土里混合着水泥灰、剥落的墙皮、木屑,变得像狗屎一样,令人恶心。

出了小区门,是一条逼仄的人行道,路本来挺宽的,地价太贵,人们买不起车位便纷纷把车停在道路两旁,留下一个窄窄的通道过人。这条巷子几乎是个死胡同，一入夏四处散发着一种狗尿的味道，骚到不行。截然不同的是巷子口极为体面地竖立着一栋现代化的写字楼，写字楼和居民区的交叉口靠边劈开了一座独立的小楼，那小楼里有一个叫霞光异彩的色情场所。女人们经常将她们穿的衣服和鞋挂在二楼的铁栅栏上晾晒，洪嫦姑有几次用棍子捣掉了一些偷拿回家穿。

她回来后我到外地出差了一段时间，回来后发现父亲把家里收拾得一干二净，竟然还亲自去菜市场买菜回来烧饭做菜，甚至还买了几盆绿萝装点房子。我从没有见过他如此认真地对待生活，我本以为他变成这样我会很开心，但是相反，由于珍惜到害怕的缘故，我忐忑不安。父亲变成这样只有一种情况，那种情况几乎不可能发生，但是洪嫦姑确实怀孕了。父亲起初怀疑那不是自己的孩子，但是他现在不管了，那孩子是不是自己的已经不重要了，他只想要一个儿子。他甚至很后悔，早些年没有买一个男孩回来。因为在他的眼里只要有了这个儿子，也许他就会摆脱老无所依的命运。

我还记得那种日子，天蓝得发亮的日子，那时候我的父母还在一起，我的姐姐们也还没有另外成家。父亲穿着深蓝色的工装服，从外面做工回来，我从屋里给他搬来一个小方凳子，坐在他腿上吃西瓜。我故意把西瓜子扔到他的脚上逗他开心，红红的西瓜汁顺着我的手臂往他的身上淌，西瓜汁又甜又凉叫人心醉。

也许是爷爷突然得癌，也许是目睹过太多次天灾人祸，父亲开始担心自己也会那样死掉。最南边的海域有他撒过的网，最北边的大厦里有他建造的高楼，他曾铺过砖、拉过货、买过菜，你读过的书也许有一些也是他印刷的，他干过如此之多的事情，却没有人给他的晚年一个安稳的准信。我们饿不死也活不好，他常这样说。

经过长达三个月的苦苦等待以后，他们一起去检测了胎儿，还是个女孩。我想我这辈子都不能忘记那天父亲知道结果后那张极度扭曲、痛苦和富有戏剧性的脸。他摔东西，焦灼地在房间里走来走去，争吵。他嚷嚷着叫她去堕胎，否则就等着生下来以后卖掉或者送人。身为母亲洪嫦姑本能地拒绝了堕胎，但后来又妥协了，可她心里憋着气，抄着一个铁皮盆，转身过来往父亲身上砸。他本能地往后闪了一步，抬起一只胳膊，挡了回去。他骂她："臭婆娘！你找死啊！"她也不客气地立马骂过去："我就是找死，你个孬种，你的闺女你都不要！"边说着边一股脑地抄起桌子上能抓到的一切东西往他身上砸。他走过来用手死死地抓住她的胳膊，不让她砸。她开始用牙咬他，用脚踢他。他的胳膊上很快布满了她的牙印，他疼得龇牙咧嘴，不得不尝试着用一只手抓住她的两只胳膊,用另一只手按住她的脸,不让她咬。她费力地从他的爪子里抽出一只手狠狠地揪住他的耳朵,撕扯起来。父亲也不示弱,狠狠地给了她两个巴掌,洪嫦姑被打出了鼻血。我本来想劝,但心里很清楚,根本就劝不动。两个人像决斗的公牛,扭打在一起。

打斗中不知是谁踢翻了旁边的面桶,两个人在地上滚过来滚过去,沾满白粉。洪嫦姑比父亲要高一些,但不如他有力气,很快就被他骑在身上了。她在他身子底下拼命地扭动着身子,以防被他压紧。她用手撕扯他的上衣揪住他的乳头,猛地一起身咬出血来。疼极了的他用拳头拼命往她身上打,也许是打红了眼,他没有像之前那样留点力气。洪嫦姑挨了几拳之后哭了起来,捂住脸,骂他:"你个浑蛋!老不死的!你咋不出门被人撞死,像你这样的人得下地狱,下地狱!⋯⋯"她呜咽着喋喋不休地骂了起来,他擦了擦汗,骑在她身上歇了一会儿。不一会儿站了起来了。他背过身去,拍了拍身上的面粉,洪嫦姑也不哭了,起了身,趁他不注意抄起桌子底下的暖水瓶朝他背上砸过去。

砰的一声,热水瓶像炸弹一样爆开了,热水和暖瓶破碎的玻璃渣子像散开的绚丽烟花滚了一地,玻璃渣子把他们扭打过的、在地上爬过滚过的肮脏的身体映照得闪闪发光。这一次,父亲彻底被激怒了，也不顾烫伤的后背，转过身又和她扭打在一起。洪嫦姑不知道从哪儿又翻出来一把剪刀。她像相扑选手一样，压低了腰，不停拿剪刀伸出伸回试探对方，不料一把被他死死地扣住了。她一边拿头抵着他的腰，左右扭动不让他捆住她的手，一边用余光看着手，试图展开剪刀的双刃反咬他一口。她成功让剪刀展开一个小口子，手腕左右狠命扭动了一下，把剪刀从他的手里缩出来了一点，又往回捅了一下，扎烂了他的手掌。血像小股的温泉噗噗地往外冒，又血腥又刺激。父亲也不甘示弱，反转过她的身体，使他们面向着相反的方向，放开了那只抓住她的剪刀的手，拼了命地往她肚子上捶。只打了一拳她便叫了起来，越听她叫他就越觉得刺激，越刺激他就越感觉爽快，而后便更用力地去打。他忘记了她还有身孕。血像瀑布一样从她的下体流出来，她发了疯地拿剪刀往他身上捅。没捅几下，她就痛得晕倒了……

  毫无疑问，她流产了。父亲也受了伤，为了避开这一切，和往常一样他又一次搬出去住了。从那天起洪嫦姑也开始变得不对劲了，她常常一个人躲在屋子里昏睡、大笑，说一些莫名其妙的话，也不像往常一样跟我较劲了。有时我进屋看她，她很神秘地塞给了我一些药丸。饭几乎都没怎么动过，除了睡觉和偶尔出去转转，她什么也不干了。她不分白天夜晚地放一些很吵的歌曲。

有一天晚上打了雷，因为雷声太响，显得屋子里静得有些诡异。我有些害怕，忍不住胡思乱想起来。风撵着窗外的树乱走，我在被窝里缩成一团紧紧抱住自己。屋子里闷热得让人难以忍受。因为睡不着、害怕，我去洪嫦姑房间里找她。发现她正微闭着眼，全身心地投入到一种令人逸乐的狂欢和麻醉中去。那种低廉、刺激带有侮辱性唱词的音乐贯穿着她的神经，音乐震一下，她的骨头就动一下。她不会跳舞，只懂得左摇右摆，像个制作极为粗略的提线木偶或者是一只斜着走的螃蟹。她眯着眼，仰着头，脸上浮现出一股难以辨认的宁静，我从未见过她如此动人。这个略微带着点邪恶气息的女人身上，渐渐展示出一个女人高潮中所显示出的那种神圣的哀伤。沧桑在她的脸上铺平了，仿佛消失了一样，我震惊于自己竟如此地沉迷于她这种表情。

突然我似乎还可以理解她那股神圣和邪恶难辨的气息，那个落魄的女人，她这一生又何尝不是可怜至极。性，大概是她在这个世上唯一可用的工具了。再也没有谁，给过她一丝纯洁的爱，包括我父亲也是，仅仅为了性或者叫她给他生那个男孩。即便是那个她亲自从肚子里生出的孩子，也想要把她榨干好娶一个媳妇。这一刻我又觉得我们是亲热的，尽管她深深地伤害了我,我们也是这世上唯一能够拥抱彼此的女人了。我从床头柜上也取了几颗药丸,和她一起摇摆起来。她伸手抱住我,把我埋进她的头发里。我们脱光了衣服紧紧地抱在一起,静静等待房间里高潮的来临……

微雪

在某些轻微渺小到不足以让任何的人去记住的瞬间,风撩起了落叶、松鼠捡到了果仁、一个路人穿越过人声鼎沸的菜市场、线穿入了针眼、我刚好睁开的眼睛看见了风云变幻的瞬间,不深不浅地突然意识到了这广袤宇宙中某些零星、琐碎无比、广而众知的隐秘。我所要说的事情一定是最不值得一提的琐事。然而女人天生就有那样一种小气,不放过身边任意一件值得思忖的事情。这混乱如麻的故事，可以从任何一个角落出发去讲述。若要真的开始我就冒犯的从微雪开始吧。

在我十五六岁的时候，微雪已经成了一个寡妇。倒不是因为她年龄有多大，也就二十多岁的模样。只是她的丈夫过早地死掉了。事本是非常常见的，但来得突然，就近乎粗暴而残忍了。那天清晨她的丈夫何生吃过早饭骑车上班，戴了一顶灰色的工作帽、穿一套灰色的硬布工作服又配了一双灰色的运动鞋。微雪不满意地随口说了一句："穿得这么灰，跟城市一个色了都。这么大的雾霾谁能看见你？"何生说："没法子呀，工作服嘛！大家都是这样穿的。"微雪从鞋柜子里拿出一双荧光橙色跑鞋给他配上："你们公司又没说非要穿统一的鞋子，天天穿得灰不溜秋的不烦吗？"何生想反驳一句来着，可又不知道该说什么。他想反正每天都被人管着，穿什么鞋子都无所谓。在公司里被老板管着，在家里被老婆管着。反正都是被人管着，还不如被老婆管着。老婆还能给自己生小孩，公司总不能给自己生小孩吧！何生这样想之后心里好过了很多，他换了那双橙色的荧光鞋子。

何生是个老实人，每个月拿五千块钱工资如数交到老婆微雪手里。房子是家里有的，不愁房贷的事情。两人都上班，钱虽然也不多但也没缺过。他按时上班下班，不早分也不晚一分。他按时吃饭，搭配好蔬菜和果肉。他按时遛狗、按时浇花浇草、按时看新闻联播、按时读报纸、按时睡觉，甚至连做爱都要掐着点来。本来一切的生活都平静如常，说不上多好但也不坏吧！何生没有多大的理想，稳稳当当过一生便是好。他遇事情宁肯自己吃点亏也要得到大家的安宁，从来也没有做过什么坏事。但他不是麻木的人，他有理想。他相信生活会给人苦难、挫折也同样会给人幸福。但是他还没有等到他的幸福，便在这一大片城市迷雾中无缘无故地走失了。

有些人死了，死了就是死了没有什么特别的。他一辈子努努力力地活着，到最后甚至连自己怎么死的都没有权利知道。这城市里本来也没有那么多的雾，没有那么多的霾，也没有那么多要朦胧感受的美。人们应该适应的是每天清晨醒来，阳光普照花香铺满大地，但事实相反，人们习惯的是汽车和地铁疲惫的喘息、习惯的是阴谋和冷漠。反而见不得人热情和纯洁。谁对他们热情和纯洁，他们就把谁拉进雾里直到变成同他们一样的人。

他死的那天早晨，空气中浮着与平时并无二异的雾。那一天唯独的喜悦就是他骑了一辆梦寐以求的进口自行车。何生办公室里的老前辈们总是以培养儿女出国而感到骄傲，动不动就说自己在国外的儿子、女儿又寄了一个什么高科技产品回来。

何生有点不太适应，他没有攀比的癖好。只是人家都有个什么什么是国外的，他没有，于是他就迫切想要一个了。他不想让人小瞧了他，咬紧牙跟老婆一闹买了一辆进口自行车。有人问起，他也好学着领导的口气说："进口自行车哎，一两万呐！"再者他本身也非常喜欢骑自行车，上大学的时候没事还会骑个自行车绕城市跑一圈。这是他除了女人和狗之外最大的爱好。他跟他老婆要钱买车说："老婆，我没啥别的爱好，独好你而已。但是我总不能每天都腻着你吧！长时间大家都不耐烦了，人是需要自由的。自行车自行车，就是自由而行的车嘛！买一辆自行车咋啦，我带着你就像咱俩谈恋爱那时候一样多浪漫……老婆，为了咱俩的自由和婚姻，你得给我买一辆自行车。"何生为了得到他梦想中的自行车上网搜罗了一系列求老婆给钱的秘诀，还写了一份像模像样的申请书。最后微雪抵不住他的软磨硬泡，答应了。何生的那辆自行车确实很帅，帅得像一辆摩托车。虽然它是一辆自行车，何生还是给它起了个名字叫小摩托。周六他俩一起去商场买的，周一他就死在上班的路上了。

那天七点一刻，何生守时守矩地从家里出了门。起了一点小小的雾，不算是多大。从后面望去看不清他的人，只能看见灰蒙蒙一片中他更深一层的背影。他的鞋子倒是闪亮，像两个活蹦乱跳的橙色小皮球在一轮一轮转着圈。撞倒他的那个年轻人骑着一辆摩托车,弓着背伸长着脖子像一头傻大的骆驼。本来眼神就不太好,还戴了一副据说是很潮的墨镜,自然是看不清何生那双闪亮的鞋子的。年轻人戴着耳机歪着脑袋接了一个电话,朦朦胧胧的看见了前方一个灰色的人,像极了游戏里面的一个人物。他觉得神秘极了,猛地一加速想上前看个究竟,他以为对方同他一样,也是一辆摩托车,但没想到人家那是自行车。结果猛地一下,就把人撞翻了。他自己本人也被自己撞倒了,傻傻的躺在一边,心里静得要命。他瞪着眼睛看着何生那双被他撞歪了的闪亮的脚,自顾自地想:"我真的撞到了人?原来离得这么近一下子就能撞翻。他那个不是辆摩托车?"

他俩这么一停不当紧,后面一辆越野车也没刹住车,像推土机一样直直地碾过去了。何生本来只坏了一条腿,这一碾过去死绝了。那个年轻人,被撞得吐血。咿咿呀呀地喊了一会疼、救命之类的话。肇事的车主趁着雾想逃逸,看着还有一个没死,心一横又碾了一遍,留下两车轮子的血,飞速地逃了。

微雪赶到医院的时候,连个惊心动魄的抢救过程都没有,遗体直接就进太平间了,人也傻了哭都不知道怎么哭。何生的尸体,她也没敢揭开布去看。她想:"我今天早上不是还跟他吵过吗?是在做梦吗?是在干嘛呢?"她晕了,迷糊了好几天。她自己打自己的脸,傻了。她只能一直傻坐着傻站着,人家叫她吃饭她就吃饭、叫她睡觉她就睡觉。喉咙干干的说不出一句话来，连哭都忘了。微雪愣愣地看着何生的父母、七大姑八大姨赶到棺材前哭丧，她还反应不过来，何生真的死了。她能想起的唯一事情是她怀孕了。

她怀孕了，她确确实实是怀孕了。本来那天早晨她就想告诉何生的。但是转念一想怕丈夫高兴得出去到处说没个节制，便想等他晚上回来再跟他详细谈谈育儿计划。微雪打算得很好，准备等晚上亲热的时候给他一个惊喜呢，这一下子惊喜没了倒成为惊吓。她揪着自己的头发，站在棺材旁一根一根地往下拔。拔完了再一根一根地数，每十根一组摆开摊在他棺材上。边数边默念着："怎么办？怎么办？……你好狠心……好狠心……"她摸了摸自己的肚子，觉得不能告诉别人自己怀孕的事，尤其是不能让她妈知道，让她妈知道她就保不住这孩子了。她想着自己的孩子，不知道从哪儿得来的勇气，真的一声也没哭就送完了葬礼。但她怎么能够不悲伤呢，办完所有的事情，回到自己家躺进被窝里她还是哭了。

微雪把自己的头埋进被子里，她摸了摸平时何生枕的那个枕头，冰凉一片，她忍不住抽搐起来。她环抱住自己的胳膊缩成小小的一团，压紧自己的心脏不想让它疼得太厉害。何生每日总是耐心地把她边角的被褥塞紧，才肯入睡。她喜欢正面躺

213

着睡,何生则喜欢侧面对着她睡。拿一只胳膊给她枕头,一只胳膊给她当暖宝宝捂肚子。可现在习惯相反了,她改成侧面对着何生原来的位置,而何生平躺着平躺着就在无边的黑夜里销声匿迹了。她想念他缠绵湿热的吻和从来不会说太多话的爱。她爱他宽厚的手掌和带点汗味的头发。她讨厌他总是把腿翘在她身上,讨厌他总是把冰凉的鼻子贴在她的脸上,还有讨厌他怎么洗都有点臭的脚。夜一过了凌晨两点就很难再入睡了,她有大把的时间去猜测何生死的那一刻在想些什么。他痛苦吗?他想念她吗?还有那天早晨她该不该告诉他她怀孕了?

往后的日子她出门越来越少,工作也不去干了。在家里唯一做的事情就是拼了命地吃和睡。但她不能杜绝别人来探视她,尤其是她的母亲。她的母亲叫张梅,大家都叫她阿梅,只有她爹在世的时候会喊她小梅。阿梅总是担心自己的女儿会出问题,不厌其烦地天天打电话来刺探情况。阿梅告诉微雪她爱她,给微雪讲励志的故事。阿梅一趟一趟从乡下赶到城里来看微雪,带来一大篮子时蔬和熟肉。你想象不到这个又矮又胖的女人,可以挤那么多趟车,一根葱也不折断的把这么大一个篮子食物带到女儿面前。从前何生在的时候,阿梅是不愿意去女儿家的。阿梅觉得自己是个土气的乡下人,来到城里怕给女儿丢脸,再加上很头疼坐车的问题,转几路到哪个环再转成哪个线路的地铁她着实记不住。每次出门都是先请人把该转乘的站台名字写好,她才敢放心出去。

微雪渐渐就不想让母亲进门了,她的肚子已经开始明显起来。阿梅每次到来都不太敢敲微雪的门,总是轻轻地敲两下就在门口候着。母女俩隔着一道门尴尬地对峙着,微雪透过防盗眼看她母亲,就像在盯着一个陌生的女人,而母亲只要看她这样一弄就大概猜到女儿的心思了。她能感觉到女儿在盯着她看,那别样的眼神弄得她浑身发毛。她为什么不想让她进门呢?她从脑子后面翻出来一大堆东西,一件一件去思索。最终很容易她就猜到了。阿梅长叹了一声,她又要苦心去思考了。这怎么好改嫁呢?她好不容易一个人培养一个大学生出来,总不能又叫她嫁到农村去。阿梅心里一团麻,头上的汗珠大滴大滴的往下落:"雪儿,你开门。妈知道你在……雪儿……"

这时候微雪已经回到了她的座椅上,像平时那样直愣愣地对着桌子一坐就是一下午。桌子上倒了一杯白开水,还是不知道是什么时候自己倒的。她妈要是不来看她,她也会想念她妈妈做的饭菜。但是她妈一旦真的来看她了,她又觉得讨厌。她佝着背,也不哭也不笑只听到她母亲在门外喊她:"雪儿……雪儿……"她才能感到人生的一点点乐趣。最后母亲也叫烦了。阿梅叹了一口长长的气,把毛巾耷拉在脖子上抹了一把眼泪，干坐在门口的石阶上等。距离石阶不远的地方有一棵大树，不知道叫什么名字但枝叶长得极快。何生还在的时候得了闲总要到那棵树下闲想一会儿，而想念这种东西又都让人无从下手。她感觉何生就在一片大雾里找她。她也在找何生。他们是相爱的、合适的，可以携手一生的那种。但他们就是没办法在这琐碎的迷雾之中重新找到彼此。

风一大，雨也就跟着来了。雨滴噼里啪啦地斜打在玻璃上，微雪醒了。她等着雷声，等着一声轰隆巨响把她心里的苦闷劈开。她把被子重新盖好，窝在床上等那雷声。她哭得皱巴巴的一脸泪，雨也越下越大但就是没有打雷。她也松懈了警惕，想该是时候放弃某些东西了。这样生活也不是办法，总还得有点盼头。她想起来卧室的门还没有关，把被子往下拉了一下露出半张脸，不巧那树猛地往上一窜遮住了她的眼。她心里咯噔一声，吓了一跳。她摸着自己的胸口安慰了自己一番，自己跟自己讲去关个门回来再睡，只一下下而已。她把被子往上一甩迅速地起了身，冷气扑到她身上，皮肤起了鸡皮疙瘩，紧张得要命。她速速的穿上拖鞋，没注意到脚下打翻的湿漉漉的一摊水——"啊"的一声，血水一片。她摸了摸地上的血，感到天上大片大片黑压压的云朵往下坠落，仿佛看到一群白亮、可爱的鸽子从她肚子里飞走了。

她慌乱地大叫:"妈!妈!妈!……妈……妈……"声音越叫越微弱,到最后哭得都说不出话来,咕咕哝哝骂了一堆,晕过去了。微雪不知自己是醒着梦着还是眩晕着,只能看见一群一群的白鸽接连不断地从眼前飞过。她努力瞪大眼睛想要看清楚它们的样子,拼了命地追着它们跑呀、跳呀,但怎么也都看不清楚,只要她稍稍一靠近鸽子便会飞得更高更远。这便是希望了吗?你只能寄托于它遥不可及的幻象,而不能真真切切的拥有。最后鸽子连同她的孩子一起越飞越远,往更空更白的地方去了,像一片一片散落在空中的坟纸飘向何生的墓地。

对着天空散漫射击

阿文得到了一个创可贴,为此他不得不把自己的手弄破,好让它有一个用处。

你知道的,在监狱里什么都是宝贝。哪怕得到一片小小的茶叶,阿文也要含在嘴巴里反复品味,才肯咽下去。想吃一点儿有味的东西,简直比登天还难。要是放在之前,他才不在乎这些。起初他是不喜欢赌的,但是为了不辜负漫漫长夜,他们不得不把身边的一切拿出来赌。毛衣、方便面的调料包、鸡蛋、女人的照片、一角两角钱，甚至是捡来的烟头。阿文运气好的时候，赌赢过口香糖、面包、创可贴。运气不好赌到一无所有的时候，他也不得不把自己如何入狱的故事当做赌资一遍一遍地添油加醋讲给别人听。

阿文每次讲自己如何入狱的故事总是从这一句话开始的："我是被自己身为警察局局长的父亲亲自送到监狱里的。"为了能让自己的儿子成功入狱，阿文的父亲确实费尽了心思。那他为什么要把自己的儿子送进监狱里呢？因为阿文偷走了他的手枪。当然这只是压垮他父亲的最后一根稻草。按照阿文母亲的话，家里再也不能安置这么一个叫阿文的定时炸弹了。

阿文说，他以前在学校读书的日子和待在监狱里没什么区别。学校是一个监狱，出了学校是另一个监狱。只不过这个监狱是明面上的，更加赤裸和直接。假如真的要将两者相比，他甚至还更为乐意待在真的监狱里。这里让他感觉到救赎，他是罪人，他喜欢这样的称呼。当那双手铐铐在他手上的时候，那种仪式感令他感到一种救赎，终于有人来惩罚他了！自弃心死后，这恐怕是他度过的最愉快的一天了。在入狱之前，他经常夜里做梦梦见那个改变他一生的夜晚。

那是一个月明星稀的夜晚，他正做着一个好梦，突然就醒来了，并且一醒来就看到父母躲在院子的小角落里埋钱。那时差不多是夜里两点，他睡醒起来尿尿。上完厕所回到房间里，打算开窗透会儿气，站在二楼往下看，突然看到院子里有两个黑影。他吓了一跳，定睛一看正是自己的父亲和母亲。他们都穿着平常夜里穿的灰格子睡衣，脚上穿着军用的迷彩胶鞋，各戴着一副手套。父亲手里拿着铁锨站在院子的西北角，一点一点挖土。母亲正用那种特厚的黑塑料袋包现金和金条。看到此景，他偷偷地乐呵，快乐得不知道怎么办。过一会儿，他意识到应该先把灯拉灭，等天亮再想办法把这笔钱弄出来。

在那之前的一个月，他刚去过一次公安局，不过又被自己的爸爸给放出来了。原因是他顺着管道爬到他妈妈位于三楼的办公室，用工具打开了她的保险柜，偷走了他妈妈受贿的二十七万块钱。临走的时候，还在她的桌子上用口红画了一个大大的骷髅头并写道："收了这么多钱，你给我等着！"他妈妈看到之后吓坏了，赶紧给当公安局局长的丈夫打电话求助。上午打的电话，下午就把他给抓起来了。

当他看到他爸爸气急败坏的表情之后，不知道多有成就感。因为他知道他的父亲没法子对他下手，最多把他抓起来关两天，又只能在母亲的央求之下把他放出来。他得到了父母的关注之后，开心了没几天就发现这是一个错误。因为他的父母又要把他关起来面壁思过了。从小他们就是这样，动不动就把他关到地下室面壁思过。那地方又湿又冷，乌漆墨黑就像地牢一样。每当他想到那个地方，就能感觉到人生的全部绝望。所以每当他从里面出来以后，就会更加不在乎这个世界的规则。因为他已经体会不到更绝望的事情了，他能感到的唯一快乐就是从他父母那里偷东西，刺激他们，看他们扭曲而又痛苦的表情，那快要燃烧到他身上的怒火常能使他感觉到自己正活着。

阿文躺在床上眯了一会儿眼，也不知道是醒着还是睡着，他感到自己的意识在四处漂浮，像一只风筝总是在快飞向远处的时候又被黑暗中的一根线给拽回。那时他在夜里常能听见暖气片漏水的声音，有时哗啦啦像小溪流水，有时叮叮当当像风铃，有时滴答滴答，纯粹就是在折磨他的神经。他就这样随着自己的意识不知道漂浮了多久，直到听到他父母关上铁门，开车出去后的声音才拖着沉重的头起来。他起来后第一件事情就是给好朋友夏石打电话："你快来！我发现我爸妈埋了好多钱。"

夏石到他们家仅需要走十分钟路，他们在同一所学校读高中，彼此父母是同事，都住在同一个小区。但是夏石的父母不希望夏石和阿文走的这么近，因为阿文出了名的爱偷东西。阿文家里很有钱，但他就是喜欢偷东西。因为阿文的影响，夏石也偷过东西，他们俩一起偷过学校门口小卖部里的零钱罐了。夏石做掩护，在店里问东问西转移老板的注意力，阿文去偷钱。一角两角的都有，总共偷了三十几块钱，都给了马路边的流浪汉。

夏石来到阿文家以后，两个人玩了一会儿电吉他，吃了点东西，觉得没意思、很无聊了才去挖钱。他俩穿上阿文父母挖坑的迷彩鞋，拿上铲子和手套，吭哧吭哧挖了半天才挖到一个防潮的樟木箱子，外面用黑色的塑料袋和胶布裹了好几层。里面有三四个小包裹，一捆现金、十几根金条，还有项链、钻石。阿文本打算一下子拿完，夏石说："别拿这么多，万一被发现了呢？先拿一点，以后要用再来拿。"阿文想了想也对，就拿了几万的现金和一些金条。

阿文一心想着要从家里偷钱，可是从来不知道有了钱以后干嘛用。他几乎要什么有什么，根本不知道这些钱要花在什么地方。夏石正是解决这个问题的好帮手。阿文对于偷钱很在行，夏石对于花钱很在行，所以他们俩成了最好的朋友。阿文曾偷过他父亲的两块手表，拿去当了和夏石去外地旅游了一个星期。夏石说这次不能出去旅行了，因为寒假作业做不完，提议买两台拉风的摩托车出去兜风。

可是买了摩托车放在哪里呢？阿文又问。夏石说，买摩托车骑是关键，玩完了就扔在马路边上，谁喜欢谁骑走。结果当天他们就去买了摩托车。夏石提议说最好去一个人少偏僻的地方,骑车才爽。他们顺理成章地想到了城南外的荒地,而后去商场买好野外露营的帐篷、食物还有一些水。

等一切收拾妥当打算出发时,夏石又觉得只有他们两个一起去不太好玩,便骑着车到他们班一个叫彗心的女生家楼下喊她。彗心家住在一个快拆迁的工厂家属院里,她们家的房子又高又旧,外墙粉着奶黄色,剥落的墙皮像干枯的爬山虎伏在墙上。家属院里的水泥路几乎快裂完了,路缝里处处是煤渣灰,路边的野草灰灰一片,叶片上粘连着厚重的粉尘。彗心现在和她的父亲以及继母生活在一起,她长得又高又瘦,体重只有阿文的一半重,但疯得要命,只要给她五百块钱,她敢上任何一个男人的车。夏石和阿文喜欢和她玩,因为她敢出去玩,不像那些只会哭鼻子的女生。

彗心的继母怕她总是外出闹事,便把她锁在家里。夏石站在彗心家楼下喊她的时候,她正在打网游没听见,他又给她发微信也没有人回复。阿文性子比较急,见没有人答应,便拾起几块石头朝她们家的窗口上砸。仅投了几块,窗户上的玻璃就被砸烂了。彗心从上面探出头来,懒洋洋地问:"谁呀?"

阿文说:"是我!快下来!我们买了摩托车,兜风去。"

彗心说:"出不去啊!我家老太太把我锁屋里了。"

夏石说:"那也得出来啊!光在家打游戏不闷死?"

彗心说:"以前还能从窗口下去,现在我这屋窗户上都装上铁窗了。"

阿文说:"你妈现在不在家吧?"

彗心说:"刚出去打麻将。"

阿文说:"那你不会把门撬开吗?"

彗心笑了一笑:"说得也是啊!可是我不会撬啊!"

阿文说:"我们帮你啊!"

说着阿文就跑到附近废弃的旧工厂房里找了工具,用它把彗心家外面的锁给打开了。打开门后他俩进去撒了一泡尿,打开电视柜翻出几块饼干,像在自己家那样坐在沙发上抽几根烟,等彗心换好衣服。彗心穿了一件黑色的大衣、黑色牛仔裤、黑面白底儿的软鞋还有一件黑色体恤衫,上面印着叮当猫。那段时间彗心发现自己的脚底上长了个瘤子,不能走太久的路,她的继母给了她瞧病的钱全被她用来打游戏了。她不想治病,常常有意无意地跟别人开玩笑说:"怕什么?大不了就去死。"她已经瘦得要死了,饥饿常常把她搞得头晕目眩,但是她仍打算减肥。

三个人下了楼后,彗心问阿文要了几百块钱还了欠门口小卖部阿姨的烟钱,顺便给她弟弟存了一点零食钱在那里。然后打电话给她的弟弟说,她给他买了娃哈哈,叫他补完课以后去小卖部拿。挂上电话,她坐在阿文的后车座上抽了一根烟哈哈笑道:"终于还了钱了,就是死了也轻松了。"阿文对她的话感到莫名其妙,便岔开话说:"得了吧,就几百块钱。"彗心说:"每天待在家里也不知道干什么,无聊透顶了。幸亏有你们把我救出来了。这车挺酷的啊!你们打算去哪儿啊?"夏石说:"等下给你玩玩啊!到城南的野路子上赛车去。"

他们出了旧工厂,下了立交桥,沿着城际公路开了一段,穿过铁轨和一个沿着公路发展的小集镇,来到了那片荒地。大家都叫那儿荒地,而实际上那是一条蔓延数公里的干枯的河床。河床上有一些不平整的小沙土坡,底部沙质柔软细腻,仔细看土里还有一些贝壳之类的东西。河床的中部有一个雨季时留下的水坑,靠近水的地方长了一些芦苇。不知是谁扩大了这个水坑,把里面的水草和杂物捞了出来,又放了一些净水进去用以养鱼。在距离水坑的不远处的地方,还用坑底的淤泥堆出了一个不小的黄土坡。也有别的人在这儿放牧,留下一些牛和羊的粪便。不过除了野草以外,河床上可见到最多的还是酒瓶以及露营留下的瓜子果皮、塑料袋。

等他们到那里时已经接近黄昏了,几点寒鸦低低地飘浮在天上。他们把车开到一个视野开阔的地方,围着河床中部的那个水坑,停下来搭起了帐篷。夏石提议说要去河滩上的小树林里摸一点野味吃，可是天渐渐冷了下来，谁也不想动。三个人便在帐篷里打了一会儿牌，玩起了真心话大冒险。过了一会儿大家都觉得无聊了，便围着这个大水坑玩起了赛车。

阿文开了一圈，夏石跟在后面开了一圈。由于车速飞快，只开了一圈，沙尘就起来了。彗心一个人在水边站着无聊，想起家里边的那些事儿又觉得很烦，便对赛车跃跃欲试。她只坐在夏石的车后兜了一圈，便打算自己骑了。彗心以前骑过摩托车，但是她比较瘦，这辆摩托车又大又重，再加上河底沙质柔软不好操控。可是碍于自尊，她还是上了车。她骑着车走在前面，阿文跟在她的后面，朝她吼："你行不行啊！不行就别骑了。"说着便故意炫技，骑到黄土坡上，再急速冲了下去。彗心也想骑上去，便扭着车头往上冲。可是刚爬到土坡的一半时，她就没有了力气。一使劲她就感到脚底板隐隐作痛，再往上骑了一点，车轮又不知道被什么给绊了一下，也许是酒瓶子，也许是小石头。她想看看那到底是什么，脑袋一倾身子一斜重心不稳，整个人带摩托车就从土坡上翻下来了。

这个土坡也不算多陡峭，就算是摔下来原本最多也就摔断个腿什么的。可她是人先落地的，那辆摩托车又直直地砸在了她的身上，车头抵着她的小腹，兴许是砸碎了她的内脏，她一倒地嘴巴就开始咕噜咕噜往外冒血。彗心落地的时候，阿文并没有立马跑过去,他愣了,大脑像卡壳的复读机一样滞留在了那里。倒是夏石先喊了起来:"快打电话!"

夏石跑过去把压在彗心身上的摩托车移走的时候,她还是有意识的。她的嘴巴不清楚地说:"疼……疼……"夏石脱掉自己的外套,绑在彗心折断的腿上。这时阿文才反应过来:"打电话吗?给谁打?"夏石说:"你他妈傻吗?当然是120。"阿文说:"那我爸妈不就知道我们偷了钱?"夏石说:"先把她送医院啊!伤得这么严重。"阿文皱着眉,掏出手机打了120。接着夏石说:"医院来到这儿也要一会儿,我们骑着摩托车先往那边送一送吧。"阿文说:"好。"

夏石把另一辆摩托车开了过来,阿文把彗心抱了上去,在后面扶着她。三个人就往医院去了。可能是摩托车砸到彗心身上时,一下子击中了要害,当她坐上摩托车的时候,就已经死了,血水顺着黑色摩托车往下流。阿文很慌张,不知道该捂住她的哪一部分给她止血。他看着路边的树飞速地往两边退却,逐渐地出现了一个幻影。他觉得漫天星星都是刺眼的碎玻璃片。他不停地喊着夏石:"开快点,开快点!"

夜晚又阴凉,车又开得很快,彗心在去往医院的路上身体逐渐地开始变冷了。阿文不得不弓起背把她抱在自己的怀抱里。他哭得面部狰狞,又害怕又冷,反反复复地说:"你可不要死啊。"血顺着她胳膊往下滴,流到了他的腿上。她的血刚滴在他身上的那一个瞬间是热的,但风一刮就冷了,后来几乎都干了。他尝试着跟她说话:"喂……喂……"没有人回答。夏石说:"你别跟她说话,让她省点力气。"阿文不再说话了,他不住地打寒战,因为他已经感觉到她冷了。她蜷缩在他身体里的那个形状,将让他的余生都不再想抱任何一个人。

他忍不住哆嗦道:"夏石,我们该怎么办?怎么办?"夏石说:"现在的医疗技术是很发达的,你别害怕。摔下来的地方又不高。"阿文用力地闭上自己的双眼在心底一遍一遍默念:"不要紧的,摔下来的地方不高。"当他再睁开眼睛的时候,他发现自己已经抱不住她,她的整个身体瘫下去了,阿文不得不把她的手搭在自己的胳膊上。血从她的手指尖一点点往下渗,滴落在他的牛仔裤上,紫红一片。耳边的风呼呼地响,摩托车飞速骑行所发出的那种声音一度令他感到痴迷,此刻让他感到眩晕无比。

当意识到她已经死了的时候,阿文就想跳车了。从她的身子开始往下瘫软的那一刻,他就已经意识到了,但他不想承认,她死了。眼泪像雨水,一刻不停地往下落,路边刮过的灰尘扑撒在他脸上,使他看起来又脏又可怜,这一瞬间他觉得自己老了。夏石也感到了他背后那种异样的清凉,他把车开到铁轨旁时，救护车来了。他们把彗心从车上架下来，放到担架上推进救护车。夏石下了车，就看到阿文红着眼，腿上一片殷湿的血红，那一瞬间他也感到恶心、腿软。过快的车速使他想要呕吐，他站在路边朝远方望了一望，稳定了一下心情。阿文走过来跟他说："咱也跟着去医院吧。"他扶着自己的头停顿了一下说："嗯，上车吧。"他转身刚要推起摩托车，低头看到彗心留在摩托车上那一片血，忍不住弓着腰吐了。污秽物从他的鼻子、嘴巴里涌出来，使他看起来就像一个醉汉。两个人都忍不住蹲在草丛边哭了起来。

彗心被送进医院的时候，阿文的母亲正在做饭，父亲坐在沙发上看报纸，夏石的父母正在外地旅游。彗心的父亲正在工地上干活，继母已经打完麻将，在雇主家里和面蒸馒头，全然不知道发生了什么。半个小时之后，一个电话让他们聚在了一起。彗心的父亲到医院时还穿着在工地干活的工装，他穿的衣服是用硬得发灰的蓝布做的，上面沾着橘色、白色的涂料。那件衣服和医院整洁、冰冷的四面墙壁形成了鲜明的对比。由于长时间、耗费心力地劳作，他的双眼已经麻木了，以至于接到这个消息一时之间难以消化，竟不知哭。他到医院不久之后，彗心的继母带着弟弟也赶来了。

彗心躺在床上，额头上还有血，胳膊和手全肿了，但她的脸又白又静，似乎她这一生都没有这么从容过。她的弟弟伏在她旁边哭了好一会儿，她的父亲才用那手指夹杂着砖灰的手，捂住脸偷偷地抽泣。大概是出于害怕，她的继母始终没有走过去看她，只是站在旁边，面露难色，使劲地搓着自己手上还沾着的面。他们一家人赶到良久，阿文的父亲才到。彗心的继母见他们来了，才大声地哭了几声，走到丈夫跟前说："咱们都尽力了，还是早点商量后事吧！"男人并没有说话，只顾着埋头沉思，她只得拽了拽他的衣服，而后转过头对门口那个衣冠楚楚的人说："我们应该找他们好好算账。"

在见到阿文的父亲之前，彗心的父亲曾想象过那种场景：他要冲过去揪住他的衣领大声朝他吼："为什么要把我们家的门撬开，让彗心出去玩摩托！"但是当他们真正坐在医院附近的小酒馆里面对面时，也许是出于身份地位的悬殊，他一下子软弱了许多，抽抽涕涕地对着阿文的父亲诉苦："虽然我们家穷，可是真的一点委屈也没有让她受过。"阿文的父亲挑了挑眉毛，极为老道地叹了一口气，拎着茶壶给彗心父亲倒了一杯水说："你先喝两口茶，压压气儿。"彗心的父亲本是想拒绝的，但又端过茶杯饮了下去。接着阿文的父亲说："事已至此，也都是老天爷的意思。还是商量着一下后事吧。"然后他就拿出从家里带出来的现金放彗心继母面前说："这是一点心意。"彗心的母亲见他衣着不凡，是个有钱的主，便轻蔑地瞅了他一眼说："你的孩子不好好管教闯出大祸，就这点心意？"阿文的父亲本就极为不情愿到这种小脏馆吃饭，更不喜欢有人提他儿子，便说："这只是意外！谁也不想这事儿发生！即使是按照法律我们也不该承担责任。"彗心的母亲怎能放过这种机会，便说："撬别人家的门，不需要负责？"阿文的父亲毕竟是有钱，也不想张扬这个事儿，但看她明目张胆地要钱还是心里一惊，接着沉默了半天只问了一句："你们想要多少钱？"

后来的事情就都草草了结了。在雾气浓浓的一天，他们给彗心下了葬。在一二声呼喊、三四声零碎的喇叭、唢呐之下，彗心入土了。阿文和夏石都没来参加葬礼。不过葬礼倒是办得格外热闹，之前都没有露过面的彗心的生母，在她下葬那天突然不知道从哪儿冒了出来要分那笔钱，把葬礼闹得沸沸扬扬。

接着我们再来说说夏石和阿文吧！那天他们各自回到家里时，已经凌晨两三点了。夏石一回到家就自己主动罚跪，表示从此以后再也不出去惹事了，就这样一直老老实实地读书，考上大学，然后变成一个普通而又无聊的中年人。倒是阿文，他的父亲在地位低的人面前受了委屈没出发泄，一回到家就把他关在了小黑屋子里。阿文原本就被吓得厉害，这一折腾，更好不起来了。他绝食了好几天，父亲把他关在地下室里。那间地下室原本是用来储物的,可是由于常年见不着太阳,太过潮湿阴冷,放什么东西都会发霉,索性也就闲置了。父亲每天都来拿皮鞭抽他一顿,骂他连头猪都不如。阿文一开始还知道反抗,打得久了也就疲倦了,只一动不动地蜷缩在一个小角落里静静地待着。等到绝食第三天的时候,他已经什么都不再害怕了。他一闭上眼就能看到漫天滴落的血,那是彗心的血。他觉得他们是一个人了。他还是想继续偷东西,那将变为一种纪念彗心的仪式。如果一个人心里缺了一个口子,他只有拼命地填满,哪怕以偷的形式。他喜欢那种刺激的、让人感觉到活着的感觉。他感觉到每一扇门的后面都有一双眼睛,一双令人恐惧的、阴谋的眼睛。他想打开那些门,撕破那些令人疼痛的东西。特别是当他看到他父亲的那把手枪的时候,一股强烈的令人损伤的欲望就能勾起他活着的感觉。

又过了几天,在母亲的哀求之下,他的父亲把他放了出来,母亲做好吃的好好安慰了他一顿,又让他回到学校里念书。在一个新的学期,他把自己以前用的所有的文具、衣服、生活用品全部换成了新的,打算重新开始一段生活。在这一个全新的日子里,他站在班级门口深深地吸了两口气。但他一进到班级里,原本喧闹的教室瞬间就安静了。看到那些人同往常一样冷漠、异样的眼神之后,他又一下子堕入了谷底。过了几天,他开始尝试着和他的同学说话，把自己心爱的笔和本子送给他们，但是没有人搭理。甚至连夏石也不再理他。有一次，他在学校的绿荫走廊见到夏石，他想过去和他说句话，但夏石看见他转身就匆匆跑开了。他非常生气，便在夜晚潜入教室，把夏石的书全偷了出来，扔进了厕所。

阿文读的学校是一所每个家长挤破头都想让孩子进入的封闭式高中。一个星期只放半天假，学校四周都用高大的铁栅栏围着，待在里面除了吃饭和读书之外，没有任何活动，所有的一切只为了高分。阿文的成绩并不好，因此也不受欢迎，动不动就被罚站、罚抄。没有学生愿意和他玩，也没有老师喜欢他。甚至有人偷偷地在他的课桌上给他留言，骂他是孬种、杀人犯。在这样无聊而又平淡的日子里度过了很久，终于在一个节假日的夜里他突然坐了起来，跑去把他爸爸的手枪给偷走了。

他父亲的手枪并不随身带着，多数的时候放在办公室，只有极少的情况下才拿回家。那天他的父亲也许是出去办事要带在身上，也许就是无意之间带在了身上。总之从他一进门开始，阿文就已经感觉到了异样。他穿着一件白色的便衫，一条黑底带细长白纹的西服裤，一双棕色的皮鞋。他喝醉了的脸红得发紫，一身酒气。他喊阿文给他拿双拖鞋过来。阿文盯着他呆滞的双眼看了几秒，他已经脱了一只鞋了，用一只手撑着墙壁一只脚立起来,另一只脚蜷缩着等阿文把拖鞋递过来。阿文低下头去把鞋递到他的脚边,看到他干净白亮的袜子上明显地粘着一根很长的女人的头发,阿文就知道父亲干嘛去了。

阿文又看到他裤兜里装着什么鼓鼓的东西,只瞄了一眼,他就知道那是手枪。他有着一个贼天生的敏感,他感到他的父亲身上有一种东西令他沉迷不已。从前阿文的父亲爱钱,他就把钱从父亲眼皮底下运走。现在父亲爱他的权力和手枪,无论他宝贝什么,阿文都想把那样东西偷过来。父亲带着手枪回家做什么呢?他不知道,也许父亲又拿着手枪骑在某个女人身上指着人家的头,又抽又打了吧。

想到这一点后,他就下定决心要把它偷走了。虽然他不知道偷走手枪以后要干什么用。他们的父母分开睡已经很久了。他们都住在二楼,每人一间屋子,每间屋子里都配着浴室、阳台,互不打扰。他的屋子在最西边,父亲的屋子在最东边,母亲则睡在中间。醉酒后的父亲应该很快就会睡着了,但他还是耐心地等到了午夜。阿文从衣物间里取走了一根母亲的发卡,撬开父亲的门,从他的那堆充满酒气的衣物里毫不费力地翻出他的手枪,拿走了。

得手之后他并没有马上回到自己卧室。他又去撬开了母亲的房间门,把手枪藏在母亲的床底下,然后回到自己的房间,枕着枕头安安心心地睡了一觉,直到他的父亲早晨起床后,找不着自己的手枪,急躁地四处摔东西、踹开他的门,一脚把他踢醒,然后揪着他的耳朵说:"你就是一只猪!就懂吃喝拉撒睡!你还有什么用?快把东西拿出来!别给我找事!"阿文的父亲每次一找不到东西,就会来阿文的房间里找,这一点儿他早就摸透了。他的父亲在被子、枕头底下翻了一圈也没找到,大声朝他嚷嚷:"这可不是闹着玩的!快拿出来!"阿文不吭声,他的父亲一脚跺了过来把他踹到墙角。他蜷缩在一个小角落里,暗暗地笑着,斜着眼盯着他的爸爸四处翻东西,他的父亲把他的被子、桌子上的茶杯、台灯全都推到地上。翻完一遍之后什么也没找到,便说:"这事儿最好是跟你没关系!你知道爸爸平时工作、应酬有多累、多辛苦吗?就不要给我瞎找事!"接着又叫他跪了一会儿,自己翻了一圈见什么都没有就走了。

  阿文的爸爸又去夜总会、办公室找了一圈儿之后,还是没找到,但过了几个月什么事情也没有发生,渐渐就淡忘了这个事情。正当阿文的父亲快要忘记这件事情的时候,阿文突然想起来这手枪到底有什么用了。有一天早晨阿文正躲在学校厕所里偷偷地抽烟。透过厕所的窗户往外看,天空被隔成一个个小格子,就像一块琥珀,又压抑又美得令人窒息。天空之上飘着几块红霞,一点儿风都没有。他很久都没有这样静静地盯着一样东西看了。就在他沉思之时,突然有一只黑色的鸟儿,从天上一闪而过,像一道黑色的闪电把他劈空了。他想起来了一些不愉快的事情,一些暗得发紫的红的血块正咕噜咕噜从他的脑海里往外冒。他感到那鸟儿,也许就是他见过的最美丽也最邪恶的东西,就像彗心的突然死亡,令他感到恐慌。

那个周六他放假回到家里,父母亲都不在。一打开门一股热浪便迎面扑来,很久没有开过窗通风的房间形成的闷热令他心烦意乱。阿文走进门,卸下双肩包,回到自己的房间,打开电视机,瘫在沙发上。电视里播放着反腐栏目、偶像剧、综艺节目以及一系列人们为了自我消遣而制作的娱乐视频,他看了两眼就更厌倦了,眯着眼扫视着这周围令别人歆羡的一切:高档的咖啡色皮沙发、花梨木做成的衣架、水晶玻璃茶几、墙上装裱的名人字画……所有的一切都让人感到不安。他脑海里不断浮现出他的父亲在别人不断的吹嘘之下醉生梦死的场景。这悬空的生活什么时候结束呢?

他陷在沙发里左思右想了一会儿,很快就疲惫不已了。他按住太阳穴,让自己放空了一会儿,但学业以及家庭的压力又重新席卷了他的大脑。他翻来覆去,怎么样也不舒服。为了使自己振奋起来,他跑到母亲的门前,以同样的方式撬开门,探着身子,爬到床底下,摸了摸那把坚硬无比的手枪。真的要这样做吗？他呆在那里，撅着屁股，半个身子在床下，半个身子在外面，想了半天。此时他脑海里又盘旋起那只鸟儿。"那就来吧！"他暗暗下了决心。他把手枪放进衣兜里，从床底下爬了出来，拍了拍自己身上的灰，从母亲的房间里离开了。

这样决定之后他觉得自己好过得多了，安心地睡了一觉。第二天早上六点，他带着枪朝学校出发了。那是一个阳光灿烂的日子，他穿着平常穿的又宽又大，印着蓝色条纹的白色校服，背着一个黑色双肩包穿过小区的操场。操场的四周围着高大的白杨树，树荫底下是塑料制成的绿草地，草地围着一圈红色的塑胶跑道。跑道的中心是一片掉光了草的足球场，空气中弥漫着一股被开水烫焦了的塑料味儿。操场上空无一人，阳光照在阿文白色的校服上显得十分刺眼，他从操场中心穿过时就像一道白色的闪电，把这四周黑暗的一切都劈亮了。但是谁都没有注意到，这儿有一个伤心欲绝的人。

走出小区，阿文他坐上了公交。这时太阳更亮了，照在来往的或新或旧的铁皮车辆上，刺眼得不得了。阿文看了一会儿有点发晕，这让他想起来很久很久以前，他因为无所事事而偷的第一件东西——一把放在阳光下就可以闪闪发亮的钥匙。尽管什么也打不开，但他就是渴望有一把钥匙。他选择了一个靠窗的位置，戴上帽子和口罩，盯着来往的事物打发时间。公交车按照日复一日所行走的路线，经过了银行、商场、小吃街、工厂、农贸区、火葬场、大片的农田、荒野、最后来了他的学校。一路上他看着人们钉在路边形形色色的招牌，阿亮靓汤、阳澄湖大闸蟹、华通健身房、宇辉机械厂、安德里宾馆……人们爱什么、需要什么、依靠什么，就会老老实实地把它写在招牌上。而经过它们的路人却好似看不见这些东西，他们在这些招牌之间迷失、游走，像一个个失物等待招领。阿文此行的目的就是把他们都叫醒，医治好他们，然后让警察把他抓进监狱里。他想不到更好的理由赎罪了。他不想害谁，他只是想叫大家都醒一醒。于是他伸出手枪，朝空中随便放几枪。

奇怪的是他打出第一枪的时候，谁也不知道发生了什么，以为也许是车轮爆破了、也许是气球爆炸了，沉闷的人群中竟然没有人关心这一点。只有少数人停下脚步看了一看然后又继续向前走去。这把他气坏了，他又连续朝着一个地方开了几枪，终于有人发现他了。大家惊慌失措地抱着叫着喊着，这错乱的情形令他心醉。作为唯一一个清醒者，他摇下车窗观望着四周，享受着别人对他的畏惧。他得意洋洋地跷着二郎腿，享受了片刻宁静，休息了一会儿才从车内离开。后来的事情，大家都知道了，他成功入狱了，戴上手铐感受着这个新世界的和平与宁静，开心得就像一个佛祖。

[后记]

我是一个写小说的诗人

　　我原本以为给自己的书，写一篇序言或者后记是一件简单的事情。但真正下笔的时候，却不知道从哪里开始讲。我是一个沉迷在自己的世界里的人，喜欢画画、养花、音乐这样一些简单的事情。大概是因为做别的东西都挺难的，所以想搞一些创作。就是因为觉得写作可能挺简单的，比做数学、学英语，简单太多了，所以想从事这一行吧。但真正入门了之后，立马发现不是这样的。写作真的挺难的，尤其还对于我这样一个不喜欢熬夜的人来说。很多时候静不下心来，比如坐一上午写了两千个字，到了下午删去了一千九百九十三个字，还剩下七个字——题目。

2016年我毕业的时候，凭借着一贯的"盲目自信"，我选择了北漂，误打误撞去了一个诗歌工作室，然后干起了我最不喜欢干的事情——校对错别字。我校对错别字的能力，我可以拍拍胸脯向你们保证，简直是太烂了。我要是我的领导，早就把我这样的员工给赶走了。但幸亏我的两位领导沈浩波、里所都是诗人，诗人都是很善良的人，他们宽宏大量地包容了我，而且还教会了我很多东西。那么我为什么要选择去一个诗歌工作室工作呢？那还不是因为我异想天开。因为当时我觉得诗的字数很少，工作起来非常轻松，然而事实并非如此。但是由于它并不简单，我学到了很多东西，要是由着我以前的性格，我写完了一篇小说是绝对不会再改一个字的，主要原因是太懒了。

现在回想起我来北漂的理由，你们肯定会嘲笑我的，所以就不告诉你们了。那我们来一本正经地谈一谈关于写作的这个源头吧！似乎我自小就有一个念头——将来要出版一部自己的小说集。但这个念头很淡，因为我的兴趣爱好太多了。七岁的时候我想当音乐家，八岁的时候我希望成为画家，九岁十岁十一岁……一直到现在我都在不停地幻想，不停地尝试去接触不同的艺术。尽管以上说的这些东西，我懂得并不是很多，但每一种艺术都在以一种它们独有的方式吸引着我。我就像一只在艺术花园里迷路的小蜜蜂，不知道该采摘哪一朵花。在读大学的时候，我还没有明确的想法，在将来要做什么事情上，直到遇见我的初恋。（希望将来我的男朋友看到这句话，不要产生嫉妒。）

和许多90后的这一代独生子女一样，我是被人宠着长大的，几乎想要什么就有什么，就是那种传说中那种不知柴米油盐酱醋茶、不食人间烟火的人。因为家人对我过分的宠爱，使我一直活在一种很天真的状态。直到和我从初恋分手，我才第一次深切地体会到原来现实社会是很残忍的。也许是为了摆脱那种痛苦，我选了一种减压的方式——写小说。我的第一部长篇小说写得并不理想，但由于那一时期近乎疯狂的写作给了我一个很大的锻炼，使得我的写作开始走向成熟。说起来爱情这件事情其实也挺可笑，因为我和我的初恋仅有几面之缘。说白了，我对他而言不算什么，几乎就是一个路人甲，而我甚至还曾痴心妄想着要和他生活在一起。我对生活有着夸张的想象和各种不切合实际的打算，而他则完全相反。他非常理性、聪明并且现实。但不知道他身上有什么东西，一下子就触到了我的按钮，从此以后我便独立在人群之外了。当然他是一个不错的人，到如今尽管彼此早已不再联络，我还是得感谢他。如果没有这个人，有很多的事情，我绝对不会在那个年龄体会到。因为失恋而度过的许多漫长而痛苦的夜晚，使我像第一个直立行走的人一样开始思考这样一个问题：在这个浩瀚而伟大的宇宙间，渺小如蝼蚁的我究竟能做一些什么？

我想过学舞蹈成为一个舞者，或者是成为画家。但是相比它们，文字更能流传得久远而且传播得更快更便捷。我觉得我有这样一种责任感在身上，那就是写一写我眼里见到的东西，说一说我的思和想。如果能对别人有所助益，那就再好不过了。与我的诗歌不同，我的小说多取材于现实。对当下生活的探索，一直是我写作的主题之一。我出生在一个对外输出劳动力的大市。我们那地方的农村人，几乎没有什么别的选择，靠土地根本吃不饱饭，只能外出打工。在我读高中的时候，老师曾经统计过，班上几乎一半以上的同学，他们的父母都不在家。和我同住的一个舍友曾经彻夜痛哭，因为好几年都没有见过自己的父母了。我在外面当模特的时候，曾遇到过一个影楼的推销员，她邻居的儿孙都在外打工，只能自己在家做饭，因为太老了最后失手把自己家房子点着了，烧到连骨灰都找不着。令人恐怖的是，这种老无所依、幼无所养的事情，在当地都是习以为常的事情。有相当一部分外出打工的人群，他们在中国各地干着各种艰辛的活儿，而他们在社会上所得到的关怀和保障都是比较少的。一个社会发展得理不理想，并不是依照那些生活优越、处在上层的人的生活来定的，而是要观察那些生活在最底层的人。我一面为这些人的生活担忧，一面又被他们的乐观、坚强所感染。我不喜欢讲究文人雅趣、也不喜欢深挖历史，挖掘过去上一代人所经历的感情和波折，我想要做的事情就是写当下的故事。关心那些平凡、普通的劳苦大众，他们的日常生活和情感经历。无论在什么样的年代，我们的社会最缺乏的就是有思想的人，人类的每一次进步都是先萌发于思想。我期待着能唤醒读者对芸芸众生的观注，带领着人们向更好的地方走。

另外，也听过不少人表示，我的小说读起来有点荒诞。我想这可能和我从小生活的环境有关吧！小时候除了和其他小朋友一样喜欢读童话故事以外，我还很喜欢读《聊斋》。那时候我们家有一本很厚的文言文版本的《聊斋》，我经常拉着我妈给我翻译。我时常被那本书里精灵古怪的故事所吸引，《聊斋》里有很多的妖怪即使拿到现在来看也是非常传神的，他们身上时常夹杂着贪恋世俗的人的情欲和鬼怪的任性与超脱。这样的开始，意味着我所有文学创作，无论诗歌、小说还是散文，都或多或少带着点浪漫主义的色彩。而我本人也并不是一个很现实的人，我常有一些稀奇古怪的想法。我不喜欢苦大仇深似的写作，我喜欢轻松一些的语调。这些都是我从我生活过的土地上，那些平凡朴素却又乐观的人身上寻来的。尽管现在我已进入复杂的社会，理应为自己的生活现实考虑，但我似乎融不进去那种生活状态。我曾经有过几次挣钱的想法，但很快又打消了。我想我这一辈子都不要为钱而活，假如有一天老天真的要狠心把我饿死，那就请他把我饿死。但是如果他没那个本事，我就还要继续写作。我的生活也许就是这样稀里糊涂的。

不过即使是这样，我也依然是很幸运的。比如有一天吃午饭，我突然对着对面一个只有一面之缘的女人，说我想找个舍友。于是我在北京就多了一个比亲姐还亲的舍友——小霞。坐火车买不到坐票，硬生生地把自己的 16 号车厢看成了 19 号车厢，然后跑到列车长的座椅上占着人家的位置坐了一下午。当然啦最近最幸运的事大概是遇见了我的责编，林先生。我跟林先生素不相识，连一次电话也没通过。在他跟我说，可以给我出本小说集的时候，这本小说还没写一半。而且我这个人又懒，没有在任何正规的文学杂志上发过任何一篇小说，当然主要原因是我从不投稿。即便是我这样懒，也还是有编辑发现了我，并且一直鼓励我写作。我说不清楚写作于我是什么，但是可以肯定的是它是我在这个世界上，为数不多的可以依赖的东西。好啦，后记就到此结束啦！现在我唯独希望的事儿是等将来我再看见这本书的时候不会羞愧。

图书在版编目（CIP）数据

对着天空散漫射击/李柳杨著.-上海：上海文艺出版社.2019.1
ISBN 978-7-5321-6819-4
Ⅰ.①对… Ⅱ.①李… Ⅲ.①小小说－小说集－中国－当代
Ⅳ.①I247.82
中国版本图书馆CIP数据核字(2018)第272136号

发 行 人：陈　征
责任编辑：林潍克
装帧设计：钱　祯
封面插画：范　薇

书　　名：对着天空散漫射击
作　　者：李柳杨
出　　版：上海世纪出版集团　上海文艺出版社
地　　址：上海绍兴路7号　200020
发　　行：上海文艺出版社发行中心发行
　　　　　上海市绍兴路50号　200020　www.ewen.co
印　　刷：上海华教印务有限公司
开　　本：850×1168　1/32
印　　张：8
插　　页：2
字　　数：137,000
印　　次：2019年1月第1版 2019年1月第1次印刷
I S B N：978-7-5321-6819-4/I·5443
定　　价：35.00元
告 读 者：如发现本书有质量问题请与印刷厂质量科联系　T: 021-66243241